文豪が愛した文豪

真山知幸 著

彩図社

はじめに

文豪たちは、どんな文豪を愛したのか――。

そんな問いに答えるべく、文豪同士の「愛」にフォーカスしたのが、本書である。

「恋愛」や「家族愛」など、愛にはさまざまなかたちがあるが、本書で取り上げる「文豪による文豪への愛」は、大きく三つに分類できる。「あこがれ」「友情」「愛憎」である。この三つを切り口にしつつ、文豪や知人の回想、手紙や日記などをもとにして、文豪たちの知られざる、人間味あふれる素顔を紹介したい。

「一、あこがれの章」でテーマにしているのは、下積み時代にあこがれた文豪への思いや、同業者だからこその思慕だ。

例えば、太宰治は芥川龍之介にあこがれるあまり、学生時代に芥川の名をノートに書きまくったり、似顔絵を描いたりした。それだけなら可愛いものだが、芥川が突然の死を迎えると太宰は大きな衝撃を受け、言動にも変化が生じることとなる。こうした、あこがれの作家との関係を読み解き、文豪たちの原点を辿るのが本章の目的である。

「二、友情の章」は、気の合う仲間との切磋琢磨を描いた。紹介するのは、親分肌の正

《はじめに》

岡子規をいなしつつ、乗りに乗った切り返しをする夏目漱石、絶交してもおかしくない事件を起こしながらも、変わらぬ友情を築いた萩原朔太郎《はぎわらさくたろう》と室生犀星《むろうさいせい》などの関係だ。すれ違いや意見の衝突をも包み込む親愛の情に、心がじんわり温かくなることだろう。

「三、愛憎の章」は、文豪がどうしても気になってしまう文豪、がテーマである。

太宰治嫌いを公言しつつも複雑な心情を抱いていた三島由紀夫、酔えば激烈にからむ中原中也に巻き込まれた、大岡昇平や太宰治らの戸惑いに迫る。心ざわめく相手と過ごす時間から、知らない自分と出会えることもある。本章では、そんな刺激的な関係を取り上げた。

本書で紹介する文豪たちは、一般社会に馴染むのを拒否するかのような、個性的なタイプが多い。そんな文豪たちをかけ合わせれば、起きる化学反応はおのずと強烈なものとなる。彼ら彼女らの「大切な人への熱すぎる思い」は、読んでいるだけで感情が揺さぶられて、なんだか元気が出てくるものだ。筆者もこの本を書きながら、文豪たちをよりいっそう好きになっていった。読者の皆さんにも楽しんでもらえるとうれしい。

前置きはこれぐらいしよう。さあ、いざ文豪ワールドへ！

真山知幸

文豪が愛した文豪　目次

二、友情の章

三、愛憎の章

表記について

・引用文中の表記は、出典の表記を参考に、以下のようにしました。
（一）口語文中の旧仮名づかいは、新仮名づかいに改めました。
（二）文語文は旧仮名づかいのままとしました（48ページ『調和的改革者―坪内逍遥論―』も一部に文語表現があるので、旧仮名づかいで表記しています）。
（三）旧字体は、原則として新字体に改めました。
（四）難読と思われる漢字に、ふりがなをつけました。
（五）明らかな誤りは、出典の記載方法に沿って改めました。
（六）「ゝ」「ヽ」「〱」などの一部の繰り返し記号は、漢字・ひらがな・カタカナ表記に改めました。
（七）「輯→集」「圓→円」「會→会」など、一部の当用漢字以外の字を置き換えています。
（八）日記や手紙の一部に、句読点や空きスペースを入れています。
・作家の年齢は、基本的には実年齢で記しています。

本書で紹介・引用する作品中には、今日の人権意識に照らして不当、不適切と思われる語句や表現がありますが、作品の時代背景と文学的価値とを考慮し、そのままとしました。

一、あこがれの章

「太宰治→芥川龍之介 ——自他ともに認める芥川大好き人間」

芥川龍之介を崇拝して自死？

ここに一つの新聞記事がある。1935（昭和10）年3月17日付の読売新聞で、見出しには「新進作家 死の失踪？」とある。この記事の後半に注目してもらいたい。

「同君は故芥川龍之介氏を崇拝して居り或《あるい》は死を選ぶのではないかと友人は心痛している」

そう、新聞に「崇拝」と書かれるほど、太宰治《だざいおさむ》は学生時代から芥川龍之介に強烈にあこがれていた。どれくらい好きだったかというと、旧制高校時代にはノートに「芥川龍之介、芥川龍之介、芥川龍之介……」と何度も名を書き連ねるほどだった。さらに、芥川の似顔絵まで描いている。極めつけは芥川のあのポーズまで再現して、写真でパチリ。
そんなに好きだったんだ……と思わずニヤリとしてしまうが、だからこそ芥川が35歳の若さで自殺したときに受けた太宰のショックは、はかりしれないものがあった。しかもほんの数カ月前に芥川はたまたま青森に立ち寄って講演会を開いたばかり。太宰はそ

太宰治（左）と芥川龍之介（右）。太宰の写真は旧制弘前高等学校在学中に撮影された。この時期に芥川のポーズを真似して撮った写真が複数残っている

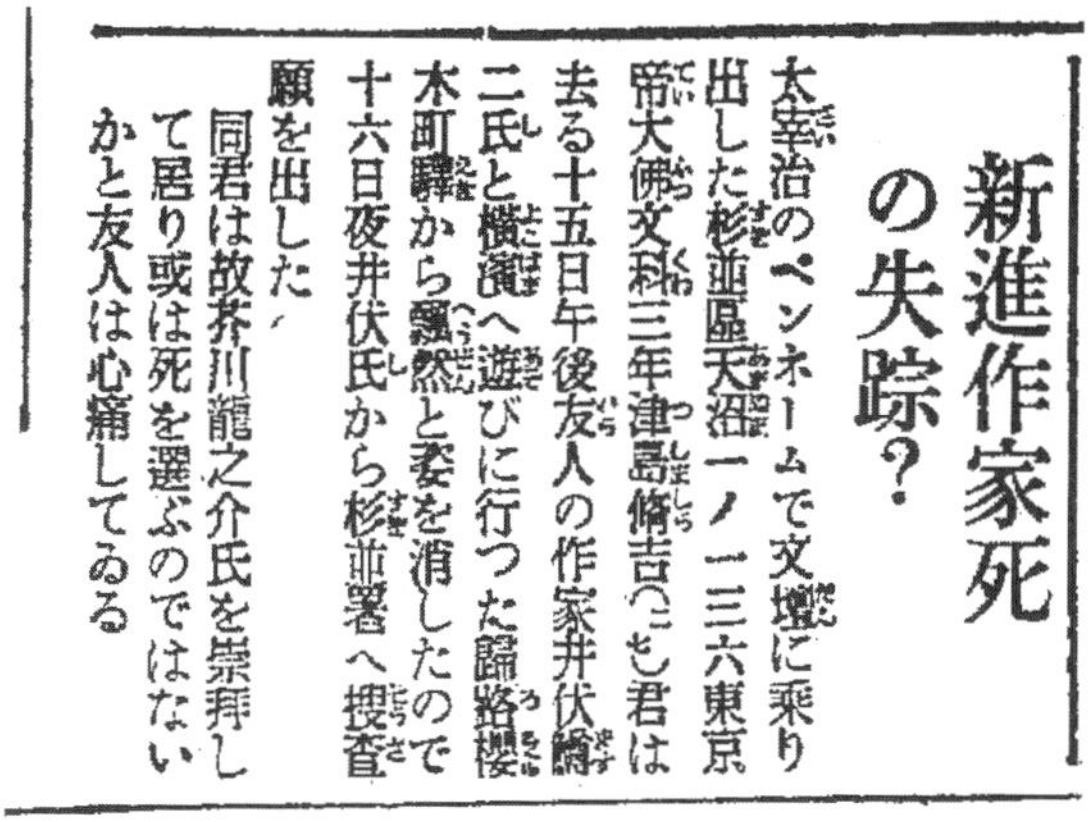

新進作家死の失踪？

太宰《さい》治のペンネームで文壇《だん》に乗り出した杉《すぎ》並區天沼一ノ一三六東京帝《てい》大佛《ふつ》文科三年津《つ》島《しま》脩吉（二七）君は去る十五日午後友人の作家井伏鱒《ます》二氏《し》と横濱《よこはま》へ遊《あそ》びに行つた歸路《ろ》櫻《さくら》木町驛《えき》から飄然《へうぜん》と姿を消したので十六日夜井伏氏《し》から杉《すぎ》並署へ捜《さう》査《さ》願を出した、

同君は故芥川龍之介氏を崇拝して居り或は死を選ぶのではないかと友人は心痛してゐる

太宰治の失踪を報じる新聞記事。記事中の井伏鱒二は、太宰の師にあたる人物（1935年3月17日付読売新聞）

れを聴講していたとも言われている。

芥川の自殺をきっかけに、18歳だった太宰の服装は一変。絹織物に角帯を締め、雪下駄《ゆきげた》を履くなど、いかにも粋な作家然とした姿で、花町で義太夫《ぎだゆう》を習い始める。それまで成績優秀だったが、学業も放棄してしまう。

好きだった作家が死んでしまい、ヤケクソになったかに見えたが、そうではない。太宰は文学に傾倒していく。自ら編集発行人として同人雑誌「細胞文芸」を立ち上げ、『無間奈落《むげんならく》』を執筆。それは、地主だった父をモデルにした悪徳地主物語だった。金持ちのボンボンだった太宰は、実家にも背を向け（ただし、仕送りはもらう！）、作家として生きることを決意したのである。

ちなみに、友人が心配した通り、先の記事が出た3月17日に、太宰は鎌倉八幡宮の裏山で首つり自殺を図っていた。このとき、25歳（数え年で27歳）の太宰治は授業料未納につき、東大を落第することが決まっており、なんとか就職しようと都《みやこ》新聞社を受けるも失敗に終わっていた。

一命をとりとめたものの、太宰にとって三度目の自殺未遂だ。太宰はいつも人生に立ち行かなくなると、自殺未遂を起こす。このときは騒ぎにしたことで、打ち切られる予定だった仕送りを実家から引き出すことに成功。その後は就職するそぶりもなく、作家活動に邁進《まいしん》している。

芥川賞を熱望するあまり…

太宰は自殺未遂を行って騒動を起こしながらも、小説を書くことはやめなかった。段々と文壇でも名を馳せるようになったが、太宰はそんなことでは満足しない。太宰にはどうしてもほしいものがあった。それは、あこがれの作家の名を冠した文学賞、「芥川賞」である。

しかし、太宰治は『逆行』が第1回の芥川賞の候補になりながらも、受賞を逃してしまう。すると、太宰は選考委員の川端康成を深く恨んで、とんでもない行動に出る。『川端康成へ』という文を書いて、「私は憤怒に燃えた。幾夜も寝苦しい思いをした」と悔しさを表しながら、怖すぎる文を続けている。

「刺す。そうも思った。大悪党だと思った」

太宰がそれほどまで川端に怒りを覚えたのは、川端の選考評に、次のようにあったからだ。

「私見によれば、作者目下の生活に嫌な雲ありて」

実は、このとき、太宰はパビナールという麻薬性鎮静剤の中毒に陥っていた。川端はそのことを指摘したわけだが、太宰には納得がいかなかった。いい作品を書けば、どんな生活を送ろうが、関係ないじゃないか。太宰は川端にこうつっかかっている。

「小鳥を飼い、舞踏を見るのがそんなに立派な生活なのか」

第1回の芥川賞を逃すことになったが、太宰は諦めない。今度は選考委員の佐藤春夫をターゲットにして、こんな懇願の手紙を書いた。

私は　よい人間です。しっかりして居りますが、いままで運がわるくて、死ぬ一歩手前まで来てしまいました。芥川賞をもらえば、私は人の情に泣くでしょう

なんという必死さだろうか。その8日前には、長さ約4メートルの巻紙に毛筆でしたためた手紙を佐藤に書いている。言うまでもなく、太宰の情熱は空回り。佐藤への訴えも空しく、結局、その後も受賞には至っていない。

「芥川へのあこがれ度」が忖度されれば、ぶっちぎりで受賞できただろうが……。太宰が意地になって自殺未遂を繰り返したのは、芥川に近づきたい一心だったのかもしれない。

「堀辰雄→芥川龍之介
――よき理解者との出会いと別れ」

芥川との思い出がデビュー作に

堀辰雄《ほりたつお》は『聖家族《せいかぞく》』『風立ちぬ』など西洋文学の影響のもと、作品を書き続けた。デビュー作の『ルウベンスの偽画《ぎが》』についても自ら「ボードレールかぶれ」としているくらいだ。

それと同時に、この『ルウベンスの偽画』には、堀が若い頃に影響を受けた二人の作家との思い出も込められていた。その二人とは、室生犀星《むろうさいせい》と芥川龍之介《あくたがわりゅうのすけ》である。

堀にとって芥川は12歳年上の先輩で、同じ墨田区で育ち、また同じ府立第三中学校に通っている。文学者を志した堀は、18歳のときに中学校の校長を通じて、当時すでに流行作家だった犀星を紹介される。そのことが、芥川との出会いにつながっていく。

1923（大正12）年10月、一時的に犀星が金沢に引き上げることになると、堀は犀星を介して、芥川と出会う。というのも、同年の9月に起きた関東大震災によって、堀は母を亡くしている。犀星は堀を心配し、人生に絶望することのないように、芥川と引き合わせたのだろう。

以後、しばしば芥川宅を訪れた堀。芥川に自身の作品を読んでもらうこともできたようだ。1923（大正12）年11月18日付でこんなうれしい手紙をもらっている。


詩二篇拝見しました。あなたの芸術的心境はよくわかります。或はあなたと会っただけではわからぬもの迄《まで》わかったかも知れません。あなたの捉え得たものをはなさずに、そのままずんずんお進みなさい

10代の堀はどれだけ励みになっただろうか。芥川は「わたしは安心してあなたと芸術の話の出来る気がしました」とまで書いて、さらに追伸でこんな思いやりも見せた。

「わたしの書架にある本で読みたい本があれば御使いなさい。その外遠慮しちゃいけません。又わたしに遠慮を要求してもいけません」

1924（大正13）年の夏には、堀は犀星とともに、芥川が滞在する軽井沢を訪れた。堀は軽井沢が気に入ったらしく、毎年夏になると滞在するようになった。

1925（大正14）年の夏については、芥川とのこんな思い出を堀は綴っている。

「私はよく芥川さんのお伴をして峠や近所の古駅などを見てまわった」（堀辰雄『高原にて』）

堀辰雄（左）と芥川龍之介（右）

そんな堀を芥川は弟のようにかわいがり、堀も芥川を文学上の師と仰いだ。軽井沢では、ともにドライブに出かけることもあったという。

堀は軽井沢でともに時間を過ごしたメンバーをメモに残している。その紙には、デビュー作が生まれた背景も明かされている。

「『ルウベンスの偽画』はこの夏のことを主材して美化して小説化したもの」

堀と芥川の交流は、仲間内では広く知られていたようだ。「あれは芥川のお稚児《ちご》だよ」と大学で陰口を叩かれることもあったという。

それだけ堀と芥川が親密に見えたのだろう。性格的な相性もさることながら、西欧の文学から学ぼうとする姿勢も、二人は共通していた。師弟関係であるだけではなく、互いによき理解者とて、堀と芥川は仲を深めていったのである。

芥川を「模倣しない」と決意して我が道へ

そんな蜜月の関係を築いていただけに、1927（昭和2）年の夏に芥川が35歳の若さで自殺したときの、堀の動揺ははかりしれないものだった。ちょうどデビュー作『ルウベンスの偽画』の初稿が雑誌に発表されてから半年も経たずして、堀は師を失ったことになる。

絶望を振り払うかのように、芥川の甥とともに、芥川全集の編集事務に携わるが、すでに心身ともに限界がきていたのだろう。重い肋膜炎《ろくまくえん》を患い、死の危険と直面する。

その後も、堀は芥川のことが頭から離れない。なんとかその死の原因を突き止めたいと、大学の卒業論文には「芥川龍之介論」を書き上げた。芥川の初期の作品ばかりが称賛される世間に抗うように「最も晩年の作品を愛します」と断言。こう続けている。

《堀辰雄→芥川龍之介》

> 彼は最後に、彼の死そのものをもって、僕の眼を最もよく開けてくれたのでした。僕はもはや彼の痩せ細った姿だけを見るような事はしなくなり、彼をしてそのように痩せ細らせたものに眼を向けはじめました

やがて堀は、なんとか師との別れを乗り越えようと、こんな決意をする。

「自分の先生の仕事を模倣しないで、その仕事の終ったところから出発するもののみが、真の弟子であるだろう」（堀辰雄『芸術のための芸術』）

堀は１９３０（昭和５）年、師に先立たれた経験をもとに『聖家族』を書き上げ、文壇に認められる。後年は「ぼくは芥川さんと正反対なやり方をしようと決心して、生きてきたんだ」（中村真一郎『ある文学的系譜』）とも語っていた堀。生涯にわたって芥川を意識していたとも言えるだろう。

若い頃に芥川からもらった手紙が、師が亡きあとも、堀の創作を支え続けたのではないだろうか。

「芥川龍之介→夏目漱石
――尊敬する師とのハラハラする距離感」

いきなり大きく出てしまった芥川

圧倒的な存在感に思わず縮こまってしまう。芥川龍之介《あくたがわりゅうのすけ》にとって、25歳年上の文豪、夏目漱石《なつめそうせき》は、まさに雲の上の存在。自然と畏怖してしまう文学上の師だった。漱石の弟子が集まる木曜会でも、芥川は緊張しっ放しだった。芥川自身の回想からも、その様子がありありと伝わってくる。

木曜会では色々な議論が出ました。小宮先生などは、先生に喰ってかかることが多く、私達若いものは、はらはらしたものです（芥川龍之介『漱石先生の話』）

「小宮先生」とは漱石の弟子のなかでも、ひときわ師との距離感が近かった小宮豊隆《こみやとよたか》である。一方の芥川は、漱石のもとに出入りし始めた頃、まだ大学生だった。緊張するのも無理はないだろう。

木曜会では、ひたすら小さくなっていた芥川。ところが、ある一言が、みなの注目を浴びてしまう。同席していた森田草平が書くところによると、芥川が話の流れでこんな趣旨のことを言った（以下、森田草平『夏目漱石』より）。

最近自分は、トルストイの『戦争と平和』を、英訳で二日二晩かけて読み通した、と。

それは嘘だろう、と誰もが思ったに違いない。なぜならば、『戦争と平和』は1000ページ近い大作である。いくら芥川が英文科の秀才とはいえ、二日で読むのは、人間離れしている。

場には何とも言えない張り詰めた空気が流れた。漱石は知ったかぶりを何よりも嫌う。みなが師の反応に注目するなか、漱石は目をしょぼ

芥川龍之介（左）と夏目漱石（右）

しょぼさせながら、聞き返した。

「へえ、それは本当かい」

もう後には引けない。芥川はこう言い張っている。

「ええ、興に乗じて二晩とも徹夜してしまいました」

芥川の返答に、漱石はそれ以上、何も言わなかったという。芥川も「まずい、言いすぎた」と焦ったのではないだろうか。

緊張のあまり、大胆なことを口走ってしまう——。芥川は、そんな「あこがれの人あるある」をやってしまったのかもしれない。

キレたら怖い漱石

威厳ある漱石にタジタジだった芥川。ある日のことだ。漱石が客と話しながら、少しも芥川に顔を向けずにこう言った。

「葉巻をとってくれ給え」

しかし、葉巻がどこにあるのかがわからない。そのときの焦りを芥川自身が綴っている。

《芥川龍之介→夏目漱石》

僕はやむを得ず「どこにありますか？」と尋ねた。すると先生は何も言わずに猛然と（こう云うのは少しも誇張ではない。）顎《あご》を右へ振った。僕は怯《お》ず怯《お》ず右を眺め、やっと客間の隅の机の上に葉巻の箱を発見した」（芥川龍之介『文芸的な、余りに文芸的な』）

よほど怖かったのだろう。芥川はこの文で「猛然と」のあとにカッコ書きでわざわざ「こう云うのは少しも誇張ではない」と書き加えている。

弟子たちには思いやり深い漱石だったが、「キレたら何をするかわからない」という恐ろしさがあったようだ。

芥川が漱石と一緒に銭湯に行ったときも、洗い場で近くの男から湯を大量に浴びせられると、「バカ野郎！」と怒鳴りつけている。

相手が屈強な男だっただけに芥川もヒヤヒヤしたが、相手の男は「すみません」と素直に謝罪。とはいえ、漱石がケンカに自信があったわけではない。帰り際に二人になると、男が謝罪したことについて、芥川に「おかげで助かったよ」と漏らしている。

危なっかしい師を持つと、弟子の気持ちも休まらないものだ。

芥川の人生を切り拓いた漱石の激賞

物心ついた頃から小説家を目指していた芥川。漱石にあこがれるあまりに「吾輩は犬である」というパロディ作品を書いたこともある。漱石のもとに出入りするようになり、尊敬の念は大きくなるばかりだった。

そして芥川は24歳になる年に、漱石から『鼻』という作品を褒められて、文壇で一躍、名を馳せることとなる。漱石からはこんな手紙まで寄せられた。

あなたのものは大変面白いと思います。落着きがあって巫山戯《ふざけ》ていなくって、自然其儘《そのまま》の可笑味《おかしみ》がおっとり出ている所に上品な趣があります。夫《それ》から材料が非常に新らしいのが眼につきます。文章が要領を得て能《よ》く整っています。敬服しました

まさに絶賛である。さらに、漱石は芥川の今後にも言及している。

ああいうものを是《これ》から二三十並べて御覧なさい。文壇で類のない作家になれます。然し「鼻」丈《だけ》では恐らく多数の人の眼に触れないでしょう。触れてもみんなが黙過《もっか》

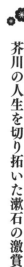

するでしょう。そんな事に頓着しないで、ずんずん御進みなさい。群衆は眼中に置かない方が身体の薬です

実は漱石のところに出入りする前に、芥川は文芸雑誌「帝国文学」で『羅生門』を発表している。初めて「芥川龍之介」というペンネームで書いた自信作だ。芥川の代表作として今ではよく知られているが、発表当時は何の評判も得られずに、黙殺されてしまった。

『羅生門』での落胆があっただけに、漱石からの賛辞は格別の喜びだった。芥川が自身の生涯を振り返った『或阿呆《あるあほう》の一生《いっしょう》』では、漱石の賛辞によって、道が開けたときのことをこう表現している。

夜は次第に明けて行った。彼はいつか或町の角に広い市場を見渡していた。市場に群《むらが》った人々や車はいずれも薔薇色に染まり出した

芥川にとって漱石がますます大きな存在になったことは言うまでもないだろう。漱石の影響力の大きさから、芥川は「小説を発表した場合に、もし夏目さんが悪いと

云ったら、それがどんな傑作でも悪いと自分でも信じそうな、物騒な気がし出した」と危惧して、意識的に距離をとったこともあった（芥川龍之介『あの頃の自分の事（別稿）』）。それでも、漱石の存在はいつでも芥川のそばにあった。

物がどうしても書けなくって、ああ、おれは、もう駄目なのかなあと、絶望的になる時には、いつも、夏目先生の手紙を出して読み返すのだ。そうすると、実に勇気が出て来るね（江口渙『新思潮派の人々』）

芥川の『鼻』を激賞した年に漱石は死去。厳しくも温かい師の言葉が、芥川をいつまでも支え続けたのである。

「内田百閒→夏目漱石
——骨の髄まで師を愛す漱石オタク」

崇拝するあまり馴れ馴れしくできなかった

夏目漱石《なつめそうせき》の門下生として知られる作家の内田百閒《うちだひゃっけん》は、師匠を尊敬してやまなかった。漱石の弟子が集まった座談会「漱石をめぐって」で、漱石がどういう人だったかを聞かれると、百閒はこう答えている。

「どういうふうな人って、私なんかには絶対的のものですね」

これに対して、漱石の門下生でドイツ文学者の小宮豊隆《こみやとよたか》は「内田君はその点は実に純粋だ。無条件に先生を崇拝している」と応じている。百閒が漱石を慕う姿勢は、同じ弟子たちから見ても、格別だったのだろう。

百閒が漱石と初めて出会ったのは、1911（明治44）年のこと。漱石は胃病を患って麹町内幸町《こうじまちうちさいわいちょう》にある胃腸病院に入院しており、そのお見舞いに百閒も同行している。百閒はこのときに21歳で、東京帝国大学文科大学の2年生だった。一方の漱石は44歳で、前年に『三四郎』『それから』に続く三部作の3作目にあたる『門』を仕上げている。すでに誰もが知る人気作家だ。

漱石文学を中学生の頃から親しんでいる百閒にとって、漱石はまさに雲の上の存在。病院で初対面を果たしたときも、うれしさよりも怖さが先に立ち、近づきがたさを感じた。

しかし、あこがれの漱石と距離を詰めるチャンスは、意外と早くやってくる。出会いから約半年後、漱石が兵庫県明石市で講演会を開催することになった（以下、内田百閒『明石の漱石先生』より）。百閒は帰省先の岡山で情報をキャッチすると、事実かどうかを東京にいる漱石にわざわざ手紙で問い合わせている。

というのも、百閒が帰省している岡山から明石までは、比較的近い距離にある。百閒からすれば、漱石が東京から離れて関西方面に来るというのは、なんだか自分の内輪に入ってもらえたような心持ちになり、うれしかったのだ。

漱石からの返事はすぐに届いた。やはり講演の開催は事実だという。ただし、「聴いて貫いたくもないから、わざわざ出かけて来るに及ばない」と釘をさされている。この偏屈さがまた、漱石の魅力だ。百閒はもちろん、講演を聞きにいくことにした。

講演会の前日、百閒が漱石の宿泊先の旅館まで赴くと、漱石の部屋は関係者でいっぱいだった。「来るな」と言うのにやってきた百閒に会うと漱石は、みなが挨拶に来るために、実に恐縮する……と話したのだという。

なんだか親しみがわく。

内田百閒（左）と夏目漱石（右）

講演当日、漱石がいよいよ登壇すると、百閒は感慨で胸いっぱいになった。

「講演が終わった時は、本当に夢からさめた様な気持でした」

それからも弟子として、漱石と月日をともにした百閒。しかし、漱石を目の前にすると、緊張してしまうのは変わらない。いつまで経っても慣れ親しむことができなかった。

自分より昔から漱石を知っている人はもちろん、自分よりあとに入門した弟子さえも気軽に漱石と言葉を交わしているのに、百閒だけは緊張感を持ち続けた。漱石が週に一度開いた弟子との会合「木曜会」でも、百閒は委縮していたと振り返る。

木曜日の晩にみんなの集まる時は、その座の談話に興じて、冗談を云い合う人があっても、私は平生の饒舌に似ず、先生の前に出ると、いつまでも校長さんの前に坐らされた様な、きぶっせいな気持が取れなかった（内田百閒『漱石先生臨終記』）

その人を目の前にしたときに、どれだけいつもと違う自分になってしまうか――。あこがれぶりを測るバロメーターの一つだろう。

借金したうえに酒までねだる

それだけ漱石を崇めた百閒だったが、どうしようもない苦境に陥ったときは、師を頼って、大胆な行動を起こした。

百閒が抱えていた問題とは、ズバリ「貧乏」である。ただでさえ金に困っているところに、妻子がバタバタとインフルエンザで倒れてしまった。看護師を呼ぶほかなかったが、家族内で感染者が次々と現れるため、看護師にいつまでもいてもらわなければならない。その間、医療費がかさんでいき、にっちもさっちもいかなくなってしまった。

ちょうどこのとき、漱石は伊豆に逗留していた。時期としては、1915（大正4）年11月9日から同月16日頃と、1916（大正5）年1月28日から2月16日まで二度にわたり、伊豆でリウマチの治療を受けていた。

そのことを聞きつけた百閒は伊豆まで足を運んで、漱石が宿泊する「天野屋」を訪ねている。取り次いでもらう間、百閒は申し訳なさで小さくなっていた。

よほど恐縮していたのだろう。いざ部屋に通されたときのことも「曖昧ではっきりしない」と百閒は回想する（以下、内田百閒『「つはぶきの花」より』より）。ただ、突然、弟子から借金をお願いされたにもかかわらず、漱石が「いいよ」とすぐに引き受けてくれたのは、明確に覚えているという。漱石はこう続けた。

「しかしここにはないから、東京へ帰って、僕がそう云ったと云って、家内から貰いなさい」

この言葉に百閒がどれだけ救われたことだろうか。さらに漱石は、百閒の懐だけではなく胃袋まで心配している。

「晩飯がまだなのだろう」

「あっちの部屋へ用意させるから、御飯を食べて寝なさい」

うれしさのあまり気が緩んだのだろうか。百閒はこのときに、お膳で麦酒を戴いてもいいですか、とお酒までねだっている。おいおい、いきなり厚かましいな……。

それでも漱石は「いいよ」と快諾。地獄から天国とはこのことだろう。百閒は、苦境から一転して、リラックスタイムを楽しんだ。

「女中のお酌で麦酒を飲み、御馳走をおいしく戴いて、気持のいい寝床に這入った。普天《ふてん》の下《もと》、率土《そっと》の浜《ひん》、この私の様な難有《ありがた》い目を見た者がいるだろうか」

このとき、百閒が漱石から借りたのは、250円。今の貨幣価値でいうと百数十万円である。漱石にますます心酔したことは言うまでもないだろう。

百閒の暴走、斜め上を行く漱石

あれだけ緊張していた師のもとに、いきなり金を借りにいくのはすごいが、崇拝する気持ちが強すぎると、暴走してしまうのかもしれない。百閒の場合は特にその傾向があった。

漱石の書斎には、窓際に大きな机があった。その机の上で誕生したのが、漱石のデビュー作にして名作の『吾輩は猫である』だ。

百閒は、少しでも漱石にあやかりたいと、わざわざ漱石の机の長さを紐で測り、同じ寸法の机を注文した。

しかし、いざ自分の部屋に搬入したところ、机は一畳を少しはみ出すくらいのサイズで、百閒が住む六畳の部屋ではデカすぎた。ものすごく住み心地が悪そうだが、「少しでも師に近づきたい」という思いがひしひしと伝わってくる。

また、漱石が書き損じた原稿があれば、百閒はもちろん喜んでそれを持ち帰った。家宝にしようと、百閒がもらった原稿用紙をよく見てみたところ、何やら短い毛がたくさんついている。漱石は執筆中に鼻毛を抜く奇癖があったため、そのときの鼻毛が張り付いていたのだ。

なんとも気持ち悪いが、百閒は「世に遺髪と云う事もあるので、私はこの毛をおろそかには考えない」（内田百閒『漱石遺毛』）とこれを喜んで保管している。髪の毛と鼻毛ではだいぶ違う気もするが……。

恐縮しながらも何かと押しが強い弟子の百閒に、漱石も内心タジタジだったかと思いきや、こんな逸話もある。

1915（大正4）年、東京帝国大学独文科卒業後に百閒が、漱石のもとで校正などを手伝っていた頃のことだ。漱石が引っ越したばかりの百閒の家を訪れたことがあった。

実は百閒が住み始めた家は、もともと漱石の友人で画家の津田青楓《つだせいふう》が住んでいた。漱石が津田の引っ越し先に遊びに行くと、妙な話を耳にする。なんでも百閒が、自分の書いた書画を何枚も集めて、軸や額にして自宅に飾っているという。

事の真相を探るべく、百閒の家を訪ねたところ、漱石は目を疑った。床の間には、『草枕』冒頭の一節を書いた軸があり、さらに壁には和洋折衷の画が飾られている。そして、北側の窓には「潮来天地青」という書の額がかかっているではないか。いずれも確かに自分が書いたものだ。

友人から聞いていた通りとはいえ、実際に目にした漱石はひどく失望した。自分の書画があまりにも下手だったからだ。いったん帰宅した漱石は熟考したのちに、百閒にこんな手紙を書いた。

「先達は失礼。あの時見た懸物と額のまずいにはあきれました。何《ど》うかして書き直すか破りすてたいと思いますが、君も銭をかけて表装したものだから只破る訳に行くまいから、不得已《やむをえず》書き直しましょう」

驚いた百閒の抵抗もむなしく、百閒のもとにあった漱石の書画は回収され、あえなく破棄。漱石はわざわざ百閒から寸法を確認したうえで、新たな書画を書いてプレゼントしている。

いやはや、弟子も弟子なら師も師で、ともにぶっとんでいる。漱石のガンコさは筋金いりで、1911（明治44）年に文科省から「文学博士を授与する」と文科省から博士号を送られたときも、「ただの夏目なにがしで暮したい」と辞退。「博士号辞退事件」として大騒ぎになった。

そして百閒もまた1967（昭和42）年に、芸術院会員内定を伝えられると、「いやだからいやだ」という理由で辞退し、語り草になっている。

あこがれて真似をするなら骨の髄まで。漱石愛がとどまることを知らない百閒だった。

「泉鏡花→尾崎紅葉 ——師への崇拝度は文豪随一」

あこがれすぎて1年間を無駄に過ごす

作家は日々の執筆にあたってルーティンを大切にすることが珍しくないが、幻想文学のパイオニアである泉鏡花《いずみきょうか》には、一風変わった習慣があった。

朝起きて洗面を済ませ、そのまま2階にあがると、鏡花は父母の仏前よりも先に、師匠にあたる尾崎紅葉《おざきこうよう》の写真に向けて、ひたいを地面につけて拝んだという。一説には、紅葉が書いた掛け軸に、朝の初茶を供えたとも言われている。

いくら師匠とはいえ、独り立ちしたあとも変わらずに、そこまで崇拝する弟子は珍しい。だが、鏡花からすれば、紅葉は自分を小説家にしてくれた恩人であり、その気持ちは揺るぎないものだった。

鏡花は幼少時代から物語の世界に没頭するのが好きで、母に草双紙《くさぞうし》の絵解きをねだっては、口絵や挿絵を透き写ししていたという。母は鏡花が9歳のときに亡くなっている。この喪失経験が、のちに鏡花の文学観に大きな影響を与えることになる。

泉鏡花（左）と尾崎紅葉（右）

１８９０（明治23）年11月、鏡花は生まれ故郷の石川を離れて、17歳のときに東京に移り住む。

上京のきっかけは、友人の下宿先で、紅葉の書いた『二人《ふたり》比丘尼《びくに》色《いろ》懺悔《ざんげ》』を読んで衝撃を受けたことにある。

興奮冷めやらぬ鏡花は、文学者を志すことを決意。弟子入りするために、何のつてもないのに上京に踏み切っている。いかにも若者らしい大胆な行動力だ。

しかし、いざ東京まで来たものの、そこから紅葉を訪ねる勇気が出てこない。紅葉がいつ自宅に滞在しているかもわからない。そもそも今、東京にいるのかどうかも……。

鏡花が考えた当初の予定では、上京して新橋に到着したら、すぐに紅葉を訪ねるはずだったが、ふんぎりがつかないまま、月日だけが過ぎていく。

「今日はお尋ねしよう、明日はお伺いしよう、と心組ばかりは夢にも忘れはしませんでしたが、そうこうしている内に何時か一年許《ばか》りというもの空しく経って了《しま》いました」（泉鏡花『紅葉先生の追憶』）

勢いで東京に来てみたものの、何もしないまま四季を一周してしまった鏡花。当然、お金も尽きてきた。友人から「誠に残念ではあろうけれど、喰えなければ仕方がない」と帰郷をうながされると、鏡花も納得せざるを得なかった。

だが、縁とは不思議なものだ。

ちょうど帰ろうとしていたときに、友人の友人が紅葉に下宿の世話をしてもらったと耳にした。そのコネを生かして、鏡花はなんとか手紙を渡すことに成功。ついに紅葉と面会の約束を交わすことができたのである（以下、泉鏡花『紅葉先生の追憶』より）。

世界が変わった紅葉の一言

《泉鏡花→尾崎紅葉》

約束の日、鏡花は横寺町にある紅葉の自宅へと赴くが、緊張してなかなか中に入ることができない。門の前をしばらく行ったり来たりしたが、さすがにここまで来て、引き返すわけにもいかないだろう。鏡花は思い切って中に入っていく。

そこには、頭を五分刈りにした紅葉が、まさに机に向かっていたという。紅葉のほうから、こんな声をかけてくれた。

「こちらに来て大層困っているような話だが、本でも少しは読めたか」

動揺したのか鏡花は「前後二度許《ばか》り図書館に通いましたが、扨《さ》てどれを読んで好いのか目移りがして一冊も見ないで帰った」と、見栄も張らずに正直に話している。

さらに、鏡花は自分の胸中をそのまま紅葉に打ち明けた。

「何より喰うに困りますからもう国へ帰ろうと思いましたが、それにしてもせめて先生のお顔だけでもと存じましたが、お逢い下さいました。私はもう思い残す処なく国へ帰れます」

必死に話す鏡花に、紅葉はただこう言って笑ったという。

「お前も小説に見込まれたな」

それは鏡花にとって、世界が一変する言葉だった。

紅葉はさらに「都合が出来たら世話をしてやってもよい」と言い、翌日も訪ねてきた鏡花に「狭いが玄関に置いてやる、荷物を持って来い」と告げるのだった。鏡花が「まるで夢ではないかと思いました」と振り返るのも、無理はないだろう。

夢心地の鏡花に対して、紅葉は「夜具はあるまいな」と問いかけてくれた。この聞かれ方ならば、「ございません」と言いやすくなる。そんな自然な紅葉の思いやりある振る舞いに、鏡花はますます感激した。

その後、鏡花は紅葉の門下生として、原稿の整理や雑用をしながら、ともに過ごすこととなった。

遠くにいても愛弟子の変化を察知した紅葉

入門が許されたとき、鏡花が一番に知らせたのが、郷里の父である清次だ。清次は金銀細工師で、芸術性の高い仕事ぶりで評判だったが、いかんせん量産はできない。生活は貧しかったが、鏡花はそんな芸術家肌の父のことを敬愛していた。

1891(明治24)年10月25日付の手紙で父に「年ごろの望みがかなって、この20日から、紅葉先生方にお世話になることになりました」と報告。さらにこう続けている。

「作家の仕事というのものは、天下に誇るべきことで、亡くなった母上のお墓に対しても、決して恥ずかしいことではありません」

ところが、1894(明治27)年1月に父は死去。慌ただしく帰郷した鏡花は、祖母と弟を抱えながら、困窮した生活を送る。小説は書き続けたものの、経済苦から自殺を考えることも幾度かあったようだ。

そんな鏡花の絶望を、師の紅葉は遠くにいながらも、敏感に感じ取っていった。帰郷先の鏡花から『夜明け前』(のちに『鐘声夜半録《しょうせいやはんろく》』と改題)の作品を郵送で受け取ると、早速、手紙を書いた。

紅葉は、鏡花が貧しさのあまり生きるのに困難を感じ、心が死に向かっていることを見透しながら、厳しい言葉を綴っている。

「心が弱いさまは、まるで苧殻《おがら》のようだ(其《その》心の弱きこと苧殻の如し)」

そのうえで熱烈な叱咤激励の言葉をかけた。現代語にすると次の通りである。

「大詩人であれば、その脳は金剛石《こんごうせき》のようなもので、火に焼かれることもなければ、水に溺れることもない、刃を刺し入れることも、ハンマーで撃つこともできない。飢えごときに負けないのは言うまでもない」

厳しい言葉とは裏腹に、愛弟子のことが心配でたまらなかったのだろう。「汝の脳は金剛石なり。金剛石は天下の至宝なり」と強調しながら、「金三円だけ貸すべし」と金銭的援助を申し出て、手を差し伸べている。手紙の文末はこんなふうに締められた。

「倦《うま》ず撓《たゆ》まず勉強して早く一人前になるやう心懸くべし」

紅葉に励まされて、再び上京した鏡花。その後も諦めずに創作を続けて、やがて新進作家として文壇に迎えられている。

紅葉のもとにいた4年間について、鏡花はこんなふうに述べた。

「要するに、私のその時分の生活は、一から十まで先生の世話を受けて居たので、且つ先生というものが中心となって、私の自分というものはずっと引込んで居た。それだから、私は先生の話をきいて楽しみ、先生のされることを見て面白がった。更に言えば、何から何まで教えられたのであった」（泉鏡花『漱石先生の玄関番』）

たった一歩、あこがれの人に近づくことで、変わる人生もある。あのときに勇気を出して本当によかったと、鏡花は何度となく思ったことだろう。

師の計らいに泣き出した鏡花

紅葉のもとから巣立ったときのことも、鏡花にとって忘れられない日となった。

1895（明治28）年2月に鏡花は紅葉の家を出て、小石川にある編集者の大橋乙羽《おおはしおとわ》が住む家に移り住む。そこで博文館編の『日用百科書』の編集に携わることになったのだ。なんとか鏡花を自立させようと、紅葉がとりはからったことだった。

それから1年が経ち、鏡花は大橋家の近くに家を借りた。これで正真正銘、自分一人の足で歩いていくことになった鏡花。そのお祝い会が、紅葉の自宅で開かれることになった（以下、巌谷大四『人間 泉鏡花』より）。

祝宴では、紅葉の仲間や弟子たちも集められて、いきのいい鯛がふるまわれた。紅葉は鏡花の門出を祝うスピーチをしていたかと思えば、いったん中断して、ふすまをさっと開けた。そこには、蒲団に蚊帳、机、たらい、本箱、金一封などお祝いの品が並べられていた。

「泉、あれを見るがよい。お前のために、ここにいる諸君が祝ってくれた世帯道具だ。あれだけありゃあ、当座は困るまい」

鏡花は思わず泣き出してしまい、紅葉に「巣立ち祝いの日に泣く奴があるか」と叱られている。

こうして独り立ちした鏡花。いつまでも師に見守っていてほしい。そんな思いからだろう。書斎に紅葉全集を並べ、床の間には紅葉の写真を飾った。鏡花は生涯を通じて、紅葉を思慕し続けたのである。

「幸田露伴→坪内逍遥

――仕事を辞めて作家を目指した明治の文学少年」

『小説神髄』を読んで仕事を投げ出す

1885（明治18）年、坪内逍遥《つぼうちしょうよう》は評論『小説神髄《しょうせつしんずい》』を刊行。小説の新しい方向を提唱すると、各方面で話題を呼ぶこととなる。

『小説神髄』では、善人が悪者を懲らしめる江戸時代に流行した「勧善懲悪」の物語を否定。人間の真理をありのままに描く写実主義を唱えた点で、センセーショナルだった。また小説の目的は人々を啓蒙することではなく、ほかの芸術と同様に「人の心を楽しませること」だとした。「極楽とんぼ」と自称するほど勉強せずに小説を貪り読み、東西の文学に精通した逍遥ならではの傑作である。

当時、北海道で電信技手として働いていた幸田露伴《こうだろはん》も、『小説神髄』に衝撃を受けた読者の一人だった。露伴は江戸の生まれで、15歳頃のときに工部省（のちの逓信省《ていしんしょう》）の養育機関である電信修技学校に入学。翌年に卒業して、その後は、北海道余市に赴任することとなったが、18歳で逍遥の『小説神髄』と出会い、人生が変わる。『幸田露伴』（柳田泉著）

幸田露伴（左）と坪内逍遥（右）

によると、露伴は雑誌「太陽」で、そのときの動揺をこんなふうに振り返っている。

「今思い返してみると、これほど大きな動揺を与えたものはほかになかった」

20歳になると、露伴は仕事を投げ出して東京に舞い戻った。仕事は当然クビになり、文学活動に邁進《まいしん》する。

しかし、当時の文学の地位は低く、両親からすればたまったものではないだろう。もし、職を投げ出した背景を知ったならば、息子の将来を狂わせた逍遥のところに殴り込んでもおかしくはない。

それでも露伴は父が始めた紙屋の店番をし、客の手紙の代筆を引き受けながら、再スタートを切る。東京に逃げ帰った翌年、21歳のときに雑誌「都の花」に『露団々《つゆだんだん》』を発表。大晦日に原稿が出版屋にわたったが、そのことを父に知られると「恥ずかしいことをするな」と叱られた。そんなことがあるたびに露伴は『小説神髄』を引っ張り出したのではないだろうか。

いったい、『小説神髄』のどこにそれほど惹かれたのだろうか。1912（明治45）年に『調和的改革者―坪内逍遥論―』で、露伴は逍遥の功績をこう評している。

「小説とか戯曲とか徳川時代からの因習の結果、社会の最下層に落ちてゐた、そして文芸のような事に携はることを名誉ある仕事と考《こうが》ふる人が絶無であつた時代に於《お》いて、文芸を一つの立派なる事業として、自ら身をそれに寄せ、力をそれに費やし、そして世間に或《ある》いは反対的の感情があるに拘《かかわ》らず、労苦を惜しまず文芸の為《た》めに尽くされた」

ありていに言えば、若き日の露伴は『小説神髄』でこう気づかされたのだ。

「文学を職業にしてもいいんだ！」

逍遥に悩みを相談

文壇デビューを果たした露伴は、22歳のときに読売新聞の客員になると、尾崎紅葉《おざきこうよう》やあこがれの坪内逍遥とともに健筆を振るうことになる。逍遥とは書簡のやりとりも行った。よほど気を許したのだろう。露伴は逍遥に友人の世話をしてもらえないかと手紙を出したこともあった。逍遥からよい返事がもらえると「人間の義のために動いてくださる心情がありがたく、感泣しております」（現代語訳は筆者）と喜びをすぐに伝えている。露伴は逍遥のことがますます好きになったに違いない。

また、露伴は逍遥に創作上の悩みも手紙に綴っている。どうも筆が滞りがちだったようだ。同じ小説欄で連載を始めた尾崎紅葉が休みなく書いているのに、露伴の連載は休載となってしまう。その苦しみを逍遥にありのままに伝えている。

残念ながら、逍遥からの返事は明らかではないが、その後の露伴の飛躍を思えば、きっとうまく勇気づけたのだろう。

文壇における露伴の活躍ぶりについては、尾崎紅葉と黄金時代を築いたとされ「紅露《こうろ》時代」と称されることもあれば、尾崎紅葉、坪内逍遥、森鷗外と並んで「紅露逍鷗《こうろしょうおう》時代」と呼ばれることもある。

北海道に赴任した一人の電子技師が、『小説神髄』により、一時代を担う文学者となった。

「永井荷風→森鷗外
——境遇の似通った孤高の文学者たち」

孤高の自由人の心の師

荷風になりたい——。

そんなタイトルのマンガも出ているくらい、永井荷風《ながいかふう》の生き方にあこがれる人は少なくない。高級官僚の父から十分すぎる財産を引き継いだ荷風は、女遊びに興じては、文学活動も気ままに行い、生涯独身で自由を謳歌した。

70歳を超えても大好きなストリップにかよい続けた荷風。文化勲章をもらうと、こううそぶいた。

「文化勲章を貰えば年金が自動的に貰えるということになれば、いままで身銭を切って楽屋の女の子たちにふるまっていたのを政府から貰ったお金でふるまえることになるんですよ」（小門勝二『永井荷風の生涯』）

いや、何も荷風があこがれの対象になるのは、自由気ままに女遊びをしたからだけではない。荷風は、作家仲間と群れることもなければ、親類縁者に頼ることもなかった。

永井荷風（左）と森鷗外（右）

その孤高の生き様が今も人を惹きつけている。「ご意見無用」の自由人。そんな荷風にも、あこがれてやまない作家がいた。陸軍の軍医でありながら、旺盛に執筆活動を行った森鷗外《もりおうがい》だ。

荷風は17歳のときに吉原デビューを果たし以後は頻繁にかようなど、女性方面で早熟ぶりを発揮しつつも、小説の執筆にも打ち込み始める。創作にあたって、荷風は鷗外を師と仰いで、生涯にわたって尊敬の念を持ち続けた。

荷風が鷗外と初めて会ったのは、23歳のときのことだ。芝居小屋の市村座にて、鷗外初めての創作戯曲である『玉篋《たまくしげ》両《ふたり》浦嶼《うらしま》』が上映されていた。荷風が芝居を観にいくと、客席で鷗外からこんなふうに声をかけられた。
「『地獄の花』はすでに読んだよ」（永井荷風『書かでもの記』、現代語訳）
『地獄の花』とは、荷風が1902（明治35）年に懸賞小説に応募した作品のこと。落選したが、一冊の本として刊行されている。新人作家の意欲作に目を通してくれたというのだから、荷風は飛びあがらんばかりに喜んだ。数々の女性と浮き名を流した荷風も、鷗外のこの一言にはメロメロになってしまったようだ。

鷗外の推挙で大学教授に

その後、荷風はアメリカに4年、フランスに1年弱にわたって滞在。もちろん、親の金である。オペラや演奏会にかよいつつ、貴族のような生活を送りながら、日本の雑誌社に原稿を寄稿。帰国後は海外体験をもとにした『あめりか物語』や『ふらんす物語』を発表し、文壇でブレイクを果たす。

帰国してから荷風は鷗外の家に初訪問して、海外話に花を咲かせた。鷗外もまた軍医としてドイツに留学していたので、話が大いに盛り上がったことだろう。1910（明治43）年には、鷗外は慶応義塾大学の文学科教授として荷風を推挙。荷風もそれを引き受けている。

教授に着任すると同時に、創刊されたばかりの「三田文学」の編集を担うことになった荷風。鷗外も寄稿することで雑誌をサポートするなど、二人の仲は深まっていく。

恩師の紹介だからだろう。教授としては、6年間一度も休講がないという意外な勤勉さを見せた荷風だったが、女遊びは相変わらずだ。富松という芸者と特に深い仲になると、お互いの名前を腕に彫り合っている。

大学関係者はそんな荷風に眉をひそめたが（当たり前だ）、鷗外からすれば、そんなハチャメチャぶりこそが荷風の魅力だと感じていた。教授に推薦する前年に、雑誌のインタビューで、荷風についてこう答えている。

「日本人にも一人や二人ぐらい、彼《あ》んな人が居《い》たって、いいじゃ無いか。個人としても面白い人だと思うね」（「時談片片」）

荷風はアメリカでも現地の女性と恋に落ちて、随分と別れるのに苦労したが、鷗外もまたドイツで恋人をつくり、女性が日本まで追っかけてきた。この経験から鷗外はちゃっかりと『舞姫』という名作を生み出している。恋も文学も存分に楽しむスタイルは、案外に共通していたのかもしれない。

鷗外が1922（大正11）年に60歳で亡くなると、荷風は鷗外全集の編さんに携わった。改めて鷗外作品を読み返した荷風は『鷗外全集を読む』を発表。そこで荷風は文学者を志す人に、こんなメッセージを送っている。

文学者になろうと思ったら大学などに入る必要はない。鷗外全集と辞書の言海とを毎日時間をきめて三四年繰返して読めばいいと思って居ります

鷗外の人柄にも作品にも、ほれ込んだ荷風。1959（昭和34）年4月、79歳で一人暮らしの部屋で死を迎えると、「貫いた奇人ぶり　主なき汚れ放題の住居」とセンセーショナルに報じられる。荷風の死の床には、鷗外の史伝『渋江《しぶえ》抽斎《ちゅうさい》』が開かれたままになっていた。

「谷崎潤一郎→永井荷風 ――女好き作家たちの意地の張り合い」

あこがれの人に抱いた妄想が現実となる

ともに「耽美派《たんびは》」と呼ばれた永井荷風《ながいかふう》と谷崎潤一郎。

二人とも無類の女好きという共通点もあったが、色道のタイプは異なった。荷風は娼婦や芸者などプロの女性だけと付き合い独身を貫いたのに対して、谷崎は女性の美しい足を見ることに快感を覚えながら、結婚と離婚を繰り返した。

そんな似て非なる二人は、惹かれ合いながらも、微妙な距離感を保つことになる。

谷崎は大学在学中、24歳頃に『あめりか物語』を読み、初めて荷風文学に触れている。

そのとき谷崎は激しい神経症を患い、茨城県助川町《すけがわまち》の別荘で療養していた。それにもかかわらず、奮い立つ気持ちを抑えられなかった。

「自分の芸術上の血族の一人が早くも此処《ここ》に現れたような気がした」（谷崎潤一郎『青春物語』）と当時の心境を記し、さらにこう続けた。

「私は将来若し文壇に出られることがあるとすれば、誰よりも先に此の人に認めて貰いたいと思い、或はそう云う日が来るであろうかと、夢のような空想に耽ったりした」

谷崎より荷風は7歳年上で、すでに流行作家だ。一方、谷崎は旺盛に小説を書き始めたところである。自身の作品が荷風に認められる日を夢見ながら、谷崎はひたすら執筆に励んだ。

そしてついにあこがれの人と出会う機会が訪れる。

１９１０（明治43）年11月、「パンの会」が開催。パンの会とは、明治末期の青年文芸家や美術家の懇談会のこと。反自然主義を掲げる耽美主義的なグループの集まりだ。

谷崎が会合に出席すると、黒い背広を着た荷風が現れた。周囲が「永井さんだ」と囁くのを耳にした谷崎はドギマギしながらも、勇気をもって荷風に挨拶をしにいく。

「先生！　僕は実に先生が好きなんです！　僕は先生を崇拝しております！　先生のお書きになるものはみな読んでおります！」（谷崎潤一郎『青春物語』）

興奮状態の谷崎がそう言い切ってからお辞儀をすると、荷風からは「有難うございます、有難うございます」とちょっと迷惑気味に言われてしまったという。いきなりのことで、荷風としてもそんな返答しかできなかったのだろう。

それから約1カ月後、再び会うチャンスを得た谷崎は、今度は雑誌を懐に、有楽座の廊下をうろうろ。事前に入手した情報通り、荷風が芝居の稽古を観に顔を出すと、谷崎はあとを追っかけている。そして食堂で対談中の荷風に、谷崎はまたもや突入。「先生、十一月号が出来ましたからお届けいたします」と同人誌「新思潮」を手渡した。

荷風は「あ、そうですか」とただ一言言って雑誌を受け取ったという。

雑誌の巻頭には、谷崎の書いた『刺青《しせい》』が掲載されている。なんとか読んでくれと、谷崎は食堂の外からしばらく見つめていたらしい。なかなか怖い。

そんな谷崎の涙ぐましい努力は、最高の形で報われる。自身が編集主幹を務める「三田文学」

谷崎潤一郎（左）と永井荷風（右）

誌上で、荷風は谷崎の『刺青』を絶賛。谷崎は近所の本屋でその誌面を見ると、手首がぶるぶる震えるのを抑えられなかったという。

荷風の後押しによって、文壇にデビューした谷崎。たった2、3年前、療養中に荷風文学を体験し、強く妄想したことが現実になった。

張り合いながらも決裂には至らず

荷風からすれば、森鷗外に自分がしてもらったように、若き谷崎を引き上げたと言えよう（50〜54ページ参照）。その後の谷崎の活躍は、荷風の期待通り……いや、期待をはるかに上回るものだった。谷崎は『痴人《ちじん》の愛《あい》』『春琴抄《しゅんきんしょう》』『細雪《ささめゆき》』など数々の名作を残す文豪として成長していく。

売れっ子作家となるにつれて、谷崎の私生活も注目を集める。

1930（昭和5）年8月、谷崎は「谷崎潤一郎、千代、佐藤春夫」の連名で「妻の千代を佐藤春夫に譲る」という挨拶状を各方面に出して、話題となった。荷風ももちろん受け取っている。

「あまりに可笑しければ次に記す」

荷風はそう面白がって案内状を日記に書き移した。「結婚」の二文字を遠ざけ続けた荷風からすれば、苦笑するしかなかっただろう。

一方の谷崎はと言えば、離婚した翌年に21歳年下の若い妻をもらうと「初めてほんとうの夫婦生活というものを知った」と有頂天に。孤高に生きる荷風のことも、なんだか気の毒に見えてきたらしい。荷風の『つゆのあとさき』の感想をこう綴っている。

「思うに荷風氏は、長い間心境索落たる孤独地獄の泥沼に落ち込んで、苦しく味気ないやもめ暮らしの月日を送りつつあるうちに、いつか青年時代の詩や夢や覇気や情熱やを擦り減らしてしまって、次第に人生を冷眼に見るようになられたのであろう」（谷崎潤一郎『「つゆのあとさき」を読む』）

少しずつ関係性が変化していく。そんな兆しが見えた二人だったが、絶妙な距離感を保ちながら、べったりすることも、決裂することもなかった。

終戦時にはともに岡山に疎開しており、谷崎が仮住まいに荷風を招いたこともある。すき焼き鍋を囲んで、大いに語り合ったようだ。谷崎の妻も交えて飲んだことを、荷風は日記に楽しそうに書いている。

面白いもので、晩年になって互いに高齢者の域に達すると、今度は荷風が胸を張るようになる。70歳まで年を重ねても、ストリップにかよいつめた荷風。谷崎を引き合いに出して、編集者にこう語った。

「先日銀座を一緒に歩いた時ですがね。谷崎君には、あの銀座裏《うら》などには、少しも興味がないらしい。勿論昼間《ひるま》でしたが、ダンスホールや、いかがわしい所にも……谷崎君は、もう孫まで出来ているので、矢張り世帯じみてしまうのですね。すっかりおじいさんになっている」（佐藤観次郎『文壇えんま帖』）

そうして時にけん制しながらも、負けじと筆を走らせ続けた二人。荷風は１９５９（昭和34）年に、谷崎は１９６５（昭和40）年に、ともに79歳で亡くなっている。

「小林多喜二→志賀直哉
——熱烈なファンレターが小説の神様を動かした」

芥川を無視して志賀の話を聞きたがる

代表作『蟹工船《かにこうせん》』で知られるプロレタリア作家、小林多喜二《こばやしたきじ》。

秋田県で小作農の次男として生まれた多喜二があこがれたのは、「小説の神様」と称された志賀直哉《しがなおや》だった。

多喜二は、徳冨蘆花《とくとみろか》や石川啄木《いしかわたくぼく》など、ハマったら特定の作家による作品を集中的に読むのが常だったが、『子供三題』を朗読好きの兄から聴くと、志賀の作品に夢中になった。21歳のときには「志賀直哉のような小説を書きたい」と、書き上げた小説を果敢にも志賀に郵送している。そのうち、志賀との手紙のやりとりもできるようになった。

商業高校の卒業後は北海道拓殖銀行小樽支店に勤務したが、文学熱も志賀への思いも募るばかり。銀行員として仕事をしっかりこなしながら、友人たちと同人誌を創刊した。あるとき、志賀から来た手紙に「小樽へ行く」とあったときには大喜びした。多喜二ははりきって歓待の準備をしたが、一向に連絡がこない。

不審に思い、志賀に手紙で問い合わせたところ、真相が明らかになる。友人が志賀の名を語りイタズラをしたのだ。多喜二の落胆ぶりを思うと気の毒だが、それほど多喜二の「志賀好き」は周知の事実だったのだろう。

1927（昭和2）年5月、改造社による『現代日本文学全集』の宣伝講演が小樽で開かれると、多喜二はチャンスを逃さなかった。それに合わせて、里見弴《さとみとん》と芥川龍之介の座談会を企画して実現させている。

このとき、多喜二は芥川には目もくれず、里見と話し込んだという。何も里見ファンだったわけではない。里見が白樺派《しらかばは》で志賀と同人仲間だったことから、志賀の話をしきりに聞き出そうとしたのだ。

この時点で失礼だが、実は里見と志賀はこのときに絶交していた。にもかかわらず、里見は嫌な顔もせずに、多喜二に志賀の話を聞かせてあげたらしい。多喜二の熱意がスゴすぎて、押されてしまったのかもしれない。

《小林多喜二→志賀直哉》

座談会の開催から1年後の1928（昭和3）年、多喜二はプロレタリア文学誌に『一九二八年三月十五日』を発表し、大きな反響を呼ぶ。そして翌年には代表作『蟹工船』を発表。「特高」（特別高等警察）にマークされるようになり、1930（昭和5）年に治安維持法で逮捕されてしまう。

小林多喜二（左）と志賀直哉（右）

半年にわたり投獄されることになった多喜二は、知人に本の差し入れを頼んでいる。その本とは『志賀直哉全集』だ。入獄することになったことについて、志賀への手紙でこう語っている。

> 私は昨年の十一月、小樽の銀行をやめました。（やめさせられたのです。）そして、それからの短かい一年は、然《しか》し、私の過去のどの十ヵ年にもまして、私にとって大きな意味をもったものであると考えています
>
> （昭和5年12月13日付）

これまで志賀とは手紙のやりとりをしただけで、まだ対面を果たせていない。獄中という過酷な状況でなお、多喜二は志賀へのあこがれを募らせたのである。

『蟹工船』に率直な感想を寄せた志賀

保釈されると、多喜二は改造社の記者から、志賀が自分に差し入れをしようとしてくれたことを知る。お礼とともに『蟹工船』と『一九二八年三月十五日』の二つを同封して、こう綴っている。

「二つとも古いものですが、お暇の時にお読み下さると、有難く思います」

約2カ月後、多喜二は志賀から念願の返事を受け取っている。はたしてどう評価されたのか。高まる鼓動を感じながら開封したことだろう。

返事のなかで志賀は「『蟹工船』が中で一番念入ってよく書けていると思い、描写の生々と新しい点感心しました」としながらも、率直な指摘も綴っている。

「私の気持から云えば、プロレタリア運動の意識の出て来る所が気になりました。小説が主人持ちである点好みません」

「主人持ちの小説」の解釈はさまざまだが、志賀は「大衆を教えると云う事が多少でも目的になっている所は芸術としては弱身になっているように思えます」と続けている。

多喜二はありのままの感想をしかと受け取り、志賀への思慕は何ら変わらなかった。

そして11月初旬には、保釈中の身でありながら、奈良の志賀のもとを訪ねている。

あこがれの人との初対面だ。多喜二はこれまでの厚意へのお礼を伝えながら、獄中について語った。志賀もその人柄に好感を持ったらしい。思想犯にもかかわらず、2階の客間に一泊させたばかりか、志賀の次男にあたる直吉と三人で、あやめ池の遊園地に遊びにまで行っている。多喜二にとっては忘れられない特別な時間だったことだろう。

それから2年後の1933（昭和8）年、多喜二は特高に逮捕されて、拷問を受けて死亡。知らせを聞いた志賀は、多喜二の母に手紙を書いている。


前途ある作家としても実に惜しく、又お会いした事は一度でありますが人間として親しい感じを持って居ります。不自然なる御死去の様子を考えアンタンたる気持になりました

特高が目を光らせるなか、かまわずに志賀は弔問文と香典を郵送。自分を慕い続けた若き作家の死を悼んだ。

「川端康成→菊池寛
――ムチャぶりばかりの弟子と気前が良すぎる師」

予想以上の好意に感謝

ノーベル文学賞を受賞した川端康成《かわばたやすなり》は、いわば文学界の世界チャンピオンベルト保持者と言っていいだろう。その川端の下積み時代を物心両面で支えたのが、菊池寛《きくちかん》である。菊池と言えば、読売新聞で『真珠夫人』を連載した稀代のヒットメーカーだ。そして、若手に書く場所を与えようと、創刊したのがあの「文藝春秋」である。面倒見がよかった菊池は、文藝春秋社を立ち上げる前から、若き文学者たちをサポートしていた。川端もそんな菊池に何度となく助けられている。

川端が菊池のもとを訪ねたのは、大学生のときのことだ。仲間と「新思潮」という同人雑誌を引き継ぐことを決意。以前に「新思潮」に携わっていた菊池のもとへ挨拶に行ったのが、付き合いの始まりだった。

つまりは、それほど深い関係ではなかった。にもかかわらず、川端には何かぴんとくるものがあったのだろうか。学生の身でありながら、ハツヨという女性と結婚が決まると、川端はいきなり菊池の家を訪ねてこう言った（以下、川端康成『文学的自叙伝』より）。

娘を一人引き取ることになったから、翻訳の仕事でもあれば紹介してほしい

このとき川端は23歳頃で、菊池は34歳頃。大先輩のところにいきなり仕事の頼みごとをしにいく川端も肝が据わっているが、菊池の対応もすごかった。「うん」と応じると、川端に驚くような提案をしている。

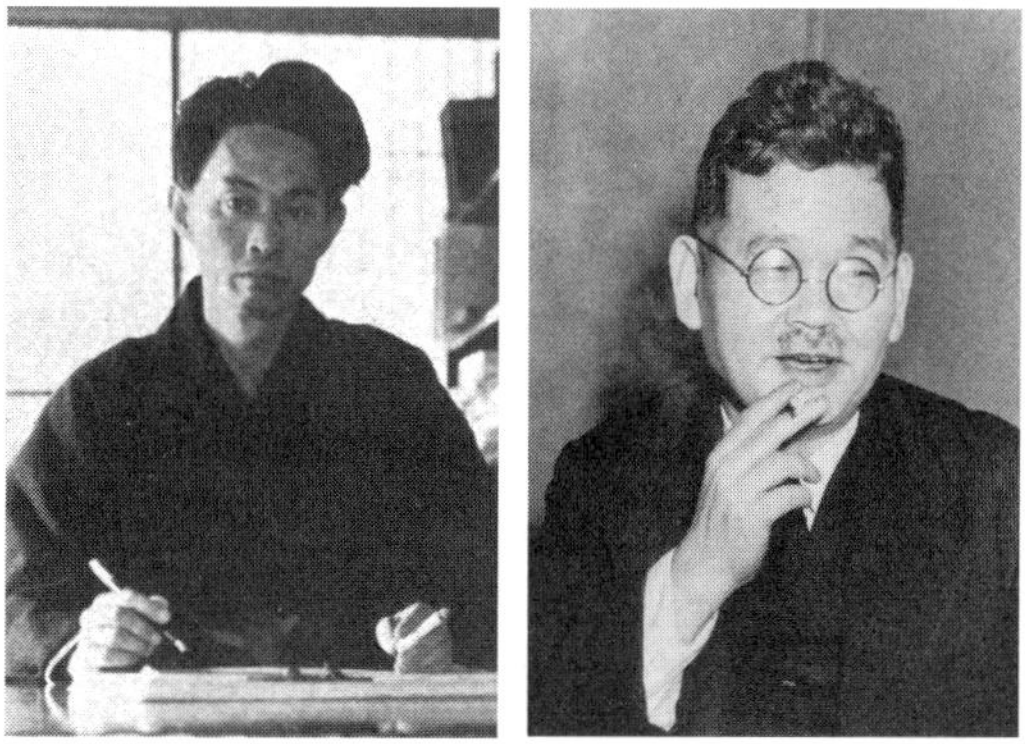

川端康成（左）と菊池寛（右）

僕は近く一年の予定で洋行する、留守中女房は国へ帰って暮したいと言うから、その間君にこの家を貸す、女の人と二人で住んでればよい、家賃は一年分僕が先払いしておく、別に毎月君に五十円ずつやる、一時に渡しといてもいいが、女房から月々送るようにしといた方がいいだろう

いきなり家を明け渡してくれるうえに、家賃とは別に金銭的な援助までしてくれるという。50円は大正末期において、大卒サラリーマンの初任給に匹敵する。仕送りとしては十分な額だと言えるだろう。

さらに菊池は、芥川龍之介に君の小説を雑誌に紹介するように頼んでおく、とまで言ってくれた。結局、川端の結婚話は流れてしまうのだが、菊池の提案を聞いた川端が「菊池氏の思いがけない好意ほど、私を驚かせた好意はなかった」と喜んだのも当然だろう。

菊池から大金をせしめる川端

それからというもの、川端は何かと菊池を頼るようになる。のちに川端は「菊池氏の好意に甘えることを覚えた私は、遂に身にしみた悪い習わしとなるまで、だらしなく無

心を続けて、その後の数年間は、菊池氏に養われたも同然だった」と振り返っているが、全く大げさではなく、その通りのことをしている。

実際に、どんなふうに川端は、菊池から金を借りていたのか。同行した今東光《こんとうこう》が一部始終を目撃している。

東北への講演旅行中に撮られた写真。左端が菊池寛、その隣が川端康成

菊池の自宅を訪れた川端は、一人で将棋をさしていた菊池の後ろに腰をおろす。そしてギョロリとした目でじいっと見ている。菊池も川端には話しかけず、そばにいる今に「きみはなんできたんだい」と尋ねるばかり。川端、菊池の両者が黙ったままの状態が、なんと延々1時間続く。そして川端はようやくこうつぶやく。

「二百円要るんです」

大卒サラリーマンの初任給の4カ月分相当だ。とてもその場ですぐに貸せる金額ではない。にもかかわらず、菊池が「いつ要るの」

と尋ねると、川端は大胆にも「きょう」と答えている。

そうして川端は菊池から金をせしめると、礼も言わず帰っていったというから、めちゃくちゃだ。これでは借金のお願いではなく、まるで取り立てである。

散財により実現しなかった新婚旅行

そんな菊池による援助の甲斐もあり、川端は作家として自立し始める。大学卒業後に同人誌「文芸時代」を創刊。新感覚派と呼ばれた、新進作家がそこに集まり、文壇に新風を吹き入れる。そして1925（大正14）年、26歳になる年に、同性愛を描いた『十六歳の日記』や女性観が垣間見える『孤児の感情』を、その翌年には「文芸時代」に『伊豆の踊子』を発表。また新聞小説『海の火祭』の連載も始める。

この頃から川端は伊豆湯ヶ島に滞在することが多くなっていたのだが、一時的に住んでいた東京で、後に夫人となる松林秀子と出会う。まもなく東京市の杉並町で秀子とその妹、さらに女中と暮らし始め、実質の結婚生活がスタートした。

一見すれば、順調に人生がまわり始めたかのようだが、暮らしぶりがよくなったかと言えば、そうはいかないのが川端である。今までの金の無心は貧乏ゆえであったが、もともと川端には金銭感覚が決定的に欠如していた。どうしても出費が抑えられないのだ。結婚するにあたって、当然、恩人の菊池にも相談している。菊池からは「新婚旅行の費用にでもしたまえ」と２００円をもらっている。繰り返しになるが、大卒サラリーマンの初任給の４カ月分相当である。相変わらず太っ腹だ。

しかし、川端は菊池からお金をもらうと、何を思ったのか、やたらと高級な蚊帳をまず購入している。なぜ、そんなに蚊の撃退にこだわったのかは不明だが、それからも川端は、散財を重ねている。妻はこう述懐している。

もともと買物好きですから、どんどん買物をしてしまうのです。着物から日傘から草履まで、それに帯など、とても締めていられない上等なものを買って来たりしました。私がもっていないからというので、一人で勝手に買って来てしまうのです

（川端秀子『川端康成とともに』）

妻思いではあるが、後先を考えずに使いすぎである。予定していた日光への新婚旅行は立ち消えになったことは言うまでもない。

あまりに型破りな川端だが、二人はもちろん、何もお金の貸し借りだけの関係だった

わけではない。川端がこんな発言をして物議をかもしたこともある。

菊池さんの『不壊《ふえ》の白珠《しらたま》』、あれは僕が書いたのです。『受難華《じゅなんげ》』は横光(利一)君です。話をひろげすぎて、困りましてね、菊池さんのところへ行くと、あっさりまとめてくれるんですよ……(木村徳三『文芸編集者の戦中戦後』)

とんだ「代筆疑惑」を呼ぶことになったが、菊池からすれば、二人を作家として信頼するからこそ、手伝ってもらったという感覚だったのだろう。共同作品と思って読むとそれもまた味わい深い。

終始、川端の世話をした菊池と、存分に甘えた川端。はたから見れば、やや不可解な関係だが、二人の間で密やかな敬愛が交わされていたと思えば、むしろ自然な関係だったのかもしれない。

「夢野久作↓江戸川乱歩——あこがれの相手なら酷評されても感激」

大家にこきおろされても絶望には値せず

あこがれの存在が壁として立ちふさがることもある。

夢野久作《ゆめのきゅうさく》と言えば、何と言っても奇書『ドグラ・マグラ』だろう。夢野が構想と執筆で合わせて10年以上の歳月をかけて書いたもので、読むと精神に異常をきたすとまで言われる幻想小説だ。

そんな作風から、作者の夢野も得体の知れない怪しい人物だと思われがちだが、あこがれの人にダメ出しをされ、それでも諦めずに愚直に小説を書いた過去を持つ。

初めて「夢野久作」名義で発表したのが『あやかしの鼓《つづみ》』だ。「新青年」という雑誌の懸賞作品として投稿するが、選者の江戸川乱歩からけちょんけちょんにけなされている。

と言っても、夢野が箸にも棒にもかからない作品を書いたわけではない。ほかの選者は絶賛するなか、乱歩だけが辛い評価を残している。

「これはどうも私には感心出来ません。他の人々が第一の佳作として推奨していられると聞き、少々意外に思った程です。念の為に二度読んで見たのですが、やっぱり駄目です。私にはこの作のよさは分りません」

乱歩と言えば「名探偵・明智小五郎」の生みの親で「少年探偵団シリーズ」で知られる日本推理小説のパイオニアだ。年齢は夢野のほうが年上で、選評を受けたときに夢野が37歳、乱歩は33歳だったが、キャリアは28歳でデビューしている乱歩のほうが長い。

そんな夢野も乱歩作品に魅了された一人である。初めて読んだときの衝撃をこう綴っている。

> 日本でもコンナ小説が生み出され得るのか……この種の小説で純日本式の気分を取り扱ったものとしては谷崎潤一郎のものを読んだ記憶があるだけであるが、これは又、全然、別世界を作った純真、純美なものではないか……と思うと、感激とも感

謝とも形容の出来ない、タマラナイ読後感に囚われて、眼を大きく大きく見開きながら、いつまでもいつまでも同じクラ闇を凝視させられた事でした

（夢野久作『江戸川乱歩氏に対する私の感想』）

夢野久作（左）と江戸川乱歩（右）

それほどの相手から自分の作品が辛辣に評価されれば、自信を失ってもおかしくはない。夢野はこの苦い経験を「私が生れて初めて書いた懸賞探偵小説を闇から闇に葬るべく、思う存分にコキ下《おろ》されました」と振り返っている。

だが、仰ぎ見る存在からの言葉ならば、酷評もまた糧になる。夢野はこんなふうに乱歩への感謝も述べている。

「縁もゆかりもない一素人の投稿作品を、あんなにまで徹底的に読んであんなにまで真剣に批判して下すった同氏の、芸術家としての譬《たと》えようのない、清い高い「熱」によって、私がどん

なにまで鞭撻《べんたつ》され、勇気付けられ、指導されたか……という事は、私自身にも想像が及ばないでいるのです」（夢野久作『江戸川乱歩氏に対する私の感想』）

夢野は酷評を受けてもなお、作品を書き続ける道を選んだ。

夢野が乱歩に贈ったプレゼント

その後、夢野は『人の顔』『瓶詰地獄』『死後の恋』と、意欲的に作品を発表。すると、それらを読んだ乱歩は一転して、夢野作品を高く評価するようになる。「私の最初の考は甚く違って居たのではないか」（江戸川乱歩『夢野久作氏とその作品』）とまで言ったくらいだ。

なかでも、乱歩が感銘を受けたのが『押絵の奇蹟』で「私は読みながら、度々ため息をついた。本当に脈が少し早まりさえしたかも知れない」（江戸川乱歩『「押絵の奇蹟」読後』）と賛辞を送った。

夢野からすれば「書き続けてよかった」と思えた瞬間だったに違いない。

乱歩が『押絵の奇蹟』を「新青年」誌上で絶賛したことをきっかけに、二人は手紙を交わすようになった。夢野が乱歩に約30センチの舞妓の博多人形を贈ったこともある。

なかなかパンチの効いたプレゼントだが、乱歩は自宅の床の間にずっと飾っていたという。

もちろん、そのように親交を深めても、乱歩の率直な物言いは変わらなかった。

夢野は1935（昭和10）年に代表作となる『ドグラ・マグラ』を書き上げると、友人と乱歩の家を訪ねている。三人で将棋をしたりもしたが、自然と話題は発表したばかりの『ドグラ・マグラ』のことへ。乱歩は夢野に正直な感想を述べている。

「『あやかしの鼓』もそうだったが、今度の『ドグラ、マグラ』も僕にはよく分らぬ側の作品だ。僕の不感性の部分に入っているかも知れない」（江戸川乱歩『夢野君余談』）

作品の特異性もあり、絶賛には至らなかった。しかし、夢野がそれだけ新しい挑戦をした証拠でもあり、乱歩もそのことはよくわかっていた。『ドグラ・マグラ』を発表した翌年、夢野は脳溢血で死去。47歳の若さでその生涯を閉じると、乱歩は追悼文『夢野君を惜む』でこう評した。

「夢野君は彼自身も意識していたように、所謂『垣』の外の作家であった。という意味は、日本探偵文壇の好もしき多様性を構成していた最も有力な一員であった」

二人が実際に会ったのは数回程度だったが、夢野が書き続けたことで、あこがれの乱歩からの印象は大きく変わっている。作品を通じたそのやりとりは、まさに魂の交流であった。

「中原中也→宮沢賢治
――型破りな詩人による型破りなあこがれ方」

賢治の詩を口ずさんだ中也

詩人の中原中也は29歳のときに、NHKの面接を受けている。もうすぐ息子が2歳になるので、渋々仕事を探そうとしたのだが、面接官もさぞ面くらったことだろう。『中原中也―永訣の秋』（青木健著）に、弟の思郎《しろう》による証言が記されている。

驚くべきことに履歴書には、ただ「詩生活」と書いてあるのみ。

「これでは履歴書にならない」

面接官が苦言を呈すると、中也は不思議そうにこう言ってのけた。

「それ以外の履歴が私にとって何か意味があるのですか」

これには、面接官も「そういう考え方は、就職でもしようという人の考え方ではない」と呆れている。それでも中也はお構いなしだった。

「そんなバカな就職というものは御免です」

何とも非常識だが、それだけ中也は詩作に情熱を注いでいた。創作にあたって、中也が刺激をうけたのが、宮沢賢治だ。中也は1925（大正14）年、まもなく18歳になるというときに、恋人の長谷川泰子とともに上京を果たす。中也より11歳年上の宮沢賢治は4年前の1921（大正10）年に24歳で上京するも、その年の暮れに妹が病に伏せて花巻に戻っている。

そのため、二人は面識がなかったが、中也は賢治の口語詩『春と修羅』を絶賛。「宮沢賢治研究」創刊号でのアンケートにも協力している。アンケートは童話や寓話の感想を尋ねるものだったが、中也は「詩のほうがいっそう好きだ」（大岡昇平『宮沢賢治と中原中也』）と答えた。

中原中也（左）と宮沢賢治（右）

なかでも中也が気に入っていたのは、賢治の詩としては一風変わった「原体剣舞連《はらたいけんばいれん》」。中也はその詩を手帳に書き移している。

あたらしい星雲を燃せ
まるめろの匂のそらに
ひのきの髪をうちゆすり
蛇紋山地《じゃもんさんち》に篝《かがり》をかかげ
dah-dah-sko-dah-dah

そのリズムに感銘を受けたのだろう。中也は何かと賢治の詩を口ずさんだ。こんなこともあった。太宰治とは初対面のときに中也がからんで乱闘騒ぎになったが（175～179ページ参照）、2回目に太宰と飲んだときも、中也は同じようにからんでいる。中也は酒癖が恐ろしく悪く、「ダルがらみ」するのが常だった。しかも、中也はしつこかった。嫌がった太宰が先に帰宅すると、中也はさらに家まで押しかけている。その道中で口ずさんでいたのも賢治の詩だった。

夜の湿気と風がさびしくいりまじり
松ややなぎの林はくろく
そらには暗い業《ごう》の花びらがいっぱいで

こんなときに口ずさまれて、天国の賢治も困惑したことだろう。太宰からしても迷惑極まりないが、寂しがり屋で、押しつけがましいほどのエネルギーが、中也の魅力でもある。賢治の作品についても、まだ賢治が広く知られていないときから、周囲に猛プッシュしている。『春の修羅』が渋谷にて1冊5銭で販売していると、一人で数冊を買っては、友人などに配り歩いていた。

不遇な賢治に中也が寄せた思い

もっとも、型破りで非常識な中也だから、宮沢賢治が生きていたとしても、気が合ったかどうかは怪しい。賢治は中也がバカにした「就職」にむしろあこがれて、肥料の営業マンとして全力を尽くした。肥料のサンプルをカバンにつめ込んで東奔西走しているときに、旅館で倒れて、その後、命を落としている。

だが、そんな賢治の不遇さも、中也の心をとらえた。ようやく宮沢賢治の全集が文圃《ぶんぽ》堂《どう》から刊行されると、賢治の全集刊行にあたって、中也は『宮沢賢治全集』という文章を残している。ちょうど文圃堂から、中也が『山羊の歌』を自費出版しようとしていたときのことだ。

宮沢賢治全集第一回配本が出た。死んだ宮沢は、自分が死ねば全集が出ると、果して予測していたであろうか。

私にはこれら彼の作品が、大正十三年頃、つまり「春と修羅」が出た頃に認められなかったということは、むしろ不思議である。私がこの本を初めて知ったのは大正十四年の暮であったかその翌年の初めであったか、とまれ寒い頃であった。由来この書は私の愛読書となった。何冊か買って、友人の所へ持って行ったのであった。

彼の認められること余りに遅かったのは、広告不充分のためであろうか。彼が東京に住んでいなかったためであろうか。詩人として以外に、職業、つまり教職にあったためであろうか。所謂文壇交游がなかったためであろうか。それともそれ等の事情の取合せに因ってであろうか。多分その何れかであり又、何れかの取合せの故でもあろう。要するに不思議な運命のそれ自体単純にして、それを織成す無限に複雑な因子の離合の間に、今や我々に既に分ったことは、宮沢賢治は死後間もなく認めらるるに至ったということである。
(中略)つまりもう今は宮沢も知られたのであるから、その余りに遅かったことなぞ構うことなく、もっと宮沢の作品そのもののことを云うべきであったとは思っているが、十年来の愛読書が、今急に世の光を浴びては、偶々入浴して脳貧血を起すがようなもので、かくは愚痴っぽいとも見える文章を草することが、差当り気の休まる事なのである。

(中原中也『宮沢賢治全集』)

どうして生前に認められなかったのだろう! そんな叫びが聞こえてくるようだ。その慕い方もまた強烈な中也だった。

「三好達治→萩原朔太郎 ——感情的な詩人に初めてできた若い友人」

若手への苦手意識をなくしてくれた三好達治

萩原朔太郎《はぎわらさくたろう》は、北原白秋《きたはらはくしゅう》を師として尊敬しながら、室生犀星《むろうさいせい》を生涯の友として愛し、詩作に励んだ。1917（大正6）年、31歳のときには第一詩集『月に吠える』を自費で刊行。詩壇で名を上げていく。そんな朔太郎も40代前半の頃になれば、書生や門下人を多く抱えるようになる。そのきっかけとなったのが、三好達治《みよしたつじ》だ。

朔太郎は伊豆の湯ヶ島へ滞留しているときに三好と出会い、意気投合する。三好の理解力の高さとインテリぶりに感心し「過去に僕は、一度もこんな愉快な青年に逢ったことはなかった」（以下、萩原朔太郎『四季同人印象記』より）とまで言っている。

実は、このときまで朔太郎は若い文学青年に対して苦手意識を持っていた。若い人にもフラットな姿勢で真剣にぶつかっていくのが、朔太郎だ。だが、そんなスタンスが若者に怖がられてしまったのか、いつも悪いほうに誤解されてばかり。朔太郎は文学青年との交際がほとほと嫌いになっていた。

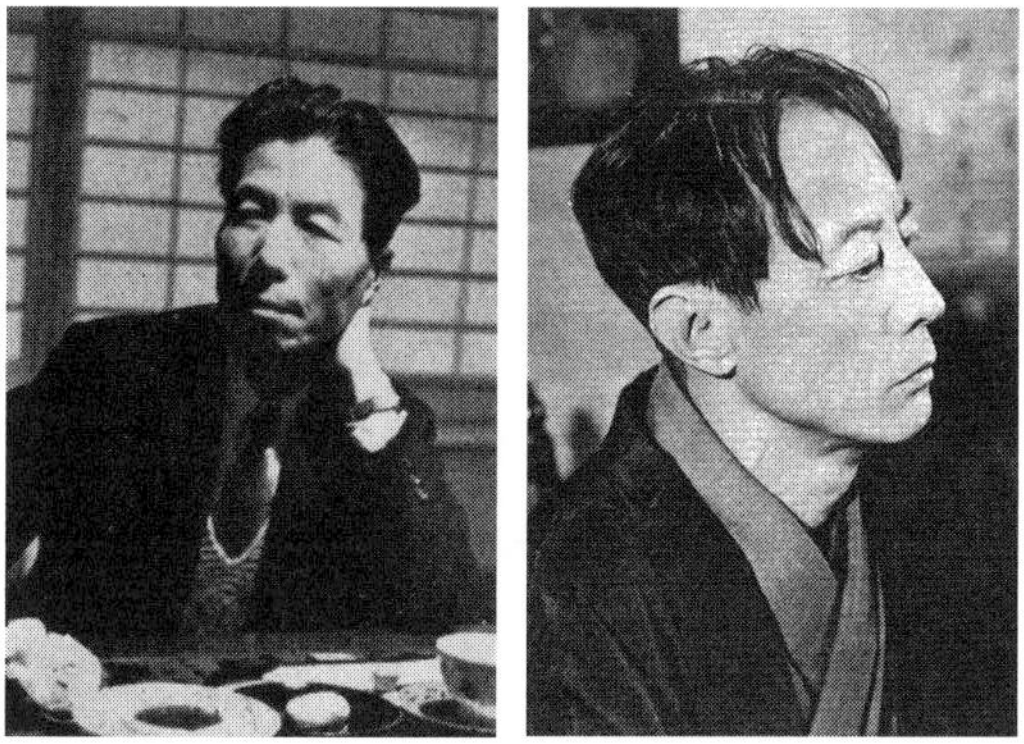
三好達治（左）と萩原朔太郎（右）

こんなふうに自分を戒めていたくらいである。

「汝、決して若者と語ること勿《なか》れ」

「汝、若者と酒を飲む勿れ」

だが、朔太郎は三好と出会って若者にも気持ちがよい人物がいると、考えを改めることとなった。

「たしかにその時以来、僕の人生観は多少とも明るくなって来た」

それだけに、気の合う三好との交際を、朔太郎は大いに楽しんだ。一緒に酒を飲んでは、三好の友人である梶井基次郎と淀《よど》野《の》隆三《りゅうぞう》とも仲よくなり、朔太郎は年下の若者への苦手意識を払しょくさせていく。

明るい光線で照らしてくれた萩原朔太郎

三好もまた偉ぶることのない朔太郎に惹かれて、生涯の師とした。朔太郎の人柄をこう振り返っている（三好達治『萩原朔太郎』）。

「年齢相応の重厚味というよりは、子供っぽいところがあった。常にものを考える人、しんから考えごとの好きな思想家肌の人物には、ともするとそういう一面があるものだ」

親しみやすい朔太郎のもとに出入りしているうちに、朔太郎の末妹のアイに三好は恋している。朔太郎を介して求婚するも玉砕。貧乏文士のために相手にされなかった。三好は、1934（昭和9）年1月、33歳のときに別の女性と結婚している。

すると、その3カ月後には、朔太郎が三好に「結婚後の生活何《ど》うですか。人生についての、新しい発見があった事と推察します」と手紙を出して、所感を同人誌に投稿するように促している。同じ手紙で、三好の歌集が発刊される時期を尋ねるなど、何かと三好を気にかける。三好が朔太郎に心惹かれたのも自然なことだろう。

ただし、距離感が近いからこそ、衝突することもある。三好が朔太郎の晩年の詩集『氷島』について否定的な感想を述べたことがあった。すると、珍しく朔太郎の三好への不興は続いたという。

それでも三好にとって朔太郎は、風変わりで寂しげなオーラをまといながらも、いつも明るくユーモアがある師だったという。

「あの人に出会うと、こちらに一つの反応を覚えしめる、一種明るい光線に照らし出された時のような作用があった」（三好達治『萩原朔太郎』）

三好は実に三度にわたって亡き師の全集に携わっている。

朔太郎が55歳で永眠すると、三好は「文学界　萩原朔太郎追悼」で「師よ 萩原朔太郎」の詩を発表している。その中にはこんな一節がある。

「かけがえのない　二人目のない唯一最上の詩人でした」

朔太郎の没後、朔太郎全集の刊行に情熱を燃やした三好。それは師の作品だからではなく、最上の詩人の作品だからこそ、であった。

朔太郎の死後、三好は妻と離縁してまで、一度はフラれたアイと結婚を果たす。しかし、長年の恋慕が成就したにもかかわらず、結局はアイとも離婚している。生涯続いた朔太郎との師弟関係の濃密さには遠く及ばなかったのかもしれない。

「石川啄木→与謝野晶子 ——自信家の歌人が姉のように頼りにした人」

文学者を志し北海道から一時上京

自分を温かく迎え入れてくれた場所が廃れていくのは悲しい。石川啄木《いしかわたくぼく》は「明星《みょうじょう》」に対して、そんな思いを抱かずにいられなかった。「明星」は歌人の与謝野鉄幹《よさのてっかん》が主宰した文芸誌で、当時の文学少年や文学少女のあこがれの雑誌だった。

啄木が「明星」に自分の短歌を初めて投稿したのは、16歳のときだ。その数週間後には盛岡中学を自主退学し、文学で身を立てるべく上京を決行する。

やや行動が先走りすぎている気もするが、啄木は退学前にカンニング騒動も起こしていた。もともとは成績優秀だったが、この頃には見る影もなかったこともあり、学業に嫌気が差したのも自主退学した一因だったのだろう。

それでも自分を奮い立たせるべく、日記には意欲あふれる言葉を綴っている。

「人生の高調に自己の理想郷を建設せんとする者也」

上京した啄木は、さっそく「明星」を発行する新詩社の会合に出席。渋谷区道玄坂の近辺を訪ねた。そこで新詩社を主催する与謝野鉄幹と、妻の与謝野晶子《あきこ》と初対面を果たしている。

石川啄木（左）と与謝野晶子（右）

晶子は長男を出産したばかりで、少しばかりやつれていたが、啄木には十分、二人が輝いて見えたようだ。夫妻の印象を日記に記している。
「先《ま》づ晶子女史の清高なる気品に接し、座にまつこと少許《すこしばかり》にして鉄幹氏莞爾《かんじ》として入り来る、庭の紅白の菊輪大なるが、今をさかりと咲き競ひつゝあり」
「明星」を愛読し、作品が掲載されたばかりの啄木にとっては、夢のような時間だったことだろう。鉄幹のほうも率直で快活な啄木青年に強く心を惹かれたという。

このときに鉄幹は「白蘋《はくひん》」という啄木の筆名について「もっと強い印象のものに」とアドバイスしている。その後、啄木は金銭的に窮したために、父に伴われて故郷へ帰るが、歌人としては旺盛に創作活動を行った。

翌年には、「明星」に啄木の5編からなる長詩「愁調《しゅうちょう》」が掲載される。鉄幹のアドバイスを素直に受け止めて、このときに初めて「啄木」の名を用いた。作品は大きな評判を呼んだというから、啄木も手ごたえを感じたに違いない。

そんな若き啄木に背中を見せるように、与謝野晶子も精力的に作品を発表する。「啄木」の名が「明星」の誌面を飾った翌年の1904（明治37）年には、晶子は「君死にたまふことなかれ」を発表。日露戦争において旅順で戦う弟を嘆いたことで「反戦的だ」と大いに物議をかもすことになった。

だが、そんな時代をけん引した「明星」も勢いを失っていく。

与謝野夫妻のやっかいになる

1908（明治41）年4月、22歳のときに啄木は再び上京。それまでは、教員や新聞記者の職に就いて、なんとか生活費を稼いできたが、サボって5日も仮病で休むわ、浪費して給料を前借りするわで、持ち前の不真面目さを発揮していた。

やはり自分には文学しかない。そう実感したのか、創作活動を本格化させようと決意。上京してすぐ与謝野夫妻を訪ねている。

だが、そのときに啄木は「明星」が売れ行き不振から、100号で廃刊になることを聞かされる。弱音を吐く鉄幹を見て啄木は「与謝野氏は既に老いたのか？　予は唯《ただ》悲しかった」と失望を露わにしている。

一方で、啄木にとって8歳年上の晶子は相変わらずパワフルで頼もしい存在だったようだ。


新詩社並びに与謝野家は、唯《ただ》晶子女史の筆一本で支えられて居る。そして明星は今晶子女史のもので、寛《ひろし》氏は唯余儀なく其《その》編集長に雇われて居るようなものだ！

（明治41年5月2日付日記）


晶子は23歳で第一子を産んだあとに、実に40歳までに12人の子を産み、育児や家事を行いながら、60冊もの著作を出している。そこには才能を引き出した鉄幹（本名は寛）

のプロデュース力もあったが、啄木には晶子が独力で奮闘しているように見えたようだ。それだけ啄木にとって晶子の存在感は大きかった。

啄木は晶子に創作上の相談も行っている。「小説に転じようと思う」と明かすと、晶子は賛成してくれたばかりか、自身も同じように考えていると言ってくれた。よほどうれしかったのだろう。そのことを啄木は義弟で歌人の宮崎郁雨《みやざきいくう》に、わざわざ手紙で報告している。

もっとも小説に転じたところで、簡単にうまくいく世界ではない。啄木は売り込みにことごとく失敗している。それでも晶子と話していると、鬱々した気持ちも吹き飛んだ。

「晶子さんと楽しく語った。新詩社解散の事、その後継雑誌の事について、少し乱暴と思う程自分の思う通りの異見も言った」（明治41年7月28日付日記）

日記にそう綴りながら、さらに啄木は晶子への思いを的確に表現している。

「親身の姉の様な気がする」

夏物を持っていなかった啄木に、晶子が手縫いの単衣をプレゼントしたこともある。姉と弟という関係は、二人には確かにぴったりである。

実はこの頃の啄木は、「明星」が末期状態であることから、北原白秋などから脱退を勧められていた。それでも啄木は再建に尽力。後継誌「スバル」の編集にもあたっている。

大切な「姉」を今度は自分が助けたい――。そんな思いが啄木を突き動かしたのだろう。

学業を放り出し、定職にもつかず、借金にまみれては母や妻を困らせたが、晶子への思慕だけは忘れなかった。

「寺山修司→石川啄木——作品にも啄木好きが表れる」

昭和の啄木になったんだ！

書を捨てよ、町へ出よう——。

31歳の寺山修司《てらやましゅうじ》が本を出して、そんなメッセージを投げかけると、若者の間で大きな反響を呼ぶ。その4年前に寺山は『家出のすすめ』を出版。すでに若者のカリスマ的存在となっていた。

さらに寺山は、時代に旋風を巻き起こす。前衛的演劇集団「天井桟敷《てんじょうさじき》」を主宰すると、寺山のアジテーションによって全国から少年少女が集まってきた。寺山の演劇は異端として扱われ、アンダーグラウンド演劇、略して「アングラ」と呼ばれるようになる。

劇作家、詩人、作家、映画監督……マルチに活躍した寺山。職業を聞かれると、こう答えていた。

「僕の職業は寺山修司です」

我が道をいく寺山にも、生涯意識した歌人がいた。石川啄木《いしかわたくぼく》である。

寺山修司（左／写真提供：共同通信社）と石川啄木（右）

寺山は18才のときに「チェホフ祭」50首を投稿。「短歌研究」で特選に選ばれて、歌壇デビューを果たす。そのときに寺山はこう叫んだという。

「ぼくは、昭和の啄木になったんだ！」

また学生時代には「便所より青空見えて啄木《たくぼく》忌《き》」という句も作っている。寺山は「こんな俳句を作ったのが、中学校の1年生のときであった」と自身で振り返るが、実際は高校3年生のときの作品であり、早熟の天才をアピールするために年齢を偽ったようだ。ちなみに、石川啄木の忌日が4月13日のため、「啄木忌」は春の季語とされている。

寺山がのちに世に出てテレビに出演したときには、こんな趣旨のことを言っている。

「石川啄木の短歌は3行で書かれ読みやすかったのが、自分も作り始めるきっかけになった」

寺山は青森県、啄木は岩手県と、ともに東北出身という共通点もある。そして、寺山も啄木も故郷の歌を詠っている。

しかし、趣は両者でずいぶんと異なる。啄木の場合は上京した折、生まれ故郷の方言が恋しくなったらしい。こんな歌を詠んだ。

ふるさとの 訛なつかし 停車場の 人ごみの中に そを聞きにゆく

故郷の訛りが聞きたくて、停留所の人ごみに紛れていく。そうして孤独が少しでも癒されれば、また東京での日々に戻る。そんな「物語」を想像させるのが、啄木の作品である。

啄木の影響を受けた寺山もまた「物語」を意識して、歌を作った。さきの啄木の「ふるさとの訛」にインスピレーションを受けて、寺山はこんな歌を詠んだ。

ふるさとの　訛りなくせし　友といて　モカ珈琲は　かくまでにがし

訛の懐かしさを表現した啄木に対して、寺山は訛を必死に隠す友人を冷ややかに見つめている。啄木のように物語性を重視しながらも、同じ題材で一歩先にいってやろうという、寺山の対抗心がありありと伝わってくるではないか。

寺山はその後、短歌を出発点にし、文学、テレビ、映画、演劇とあらゆるジャンルに、その活躍の場を広げていった。

ＮＨＫの番組に出演したときは、あこがれの啄木について「最初僕は、〝啄木《タクボク》〟って読めなくてね、〝石川キッツキ〟って読むのかな？　なんて思っていたくらいで……」とすっとぼけたことを言っているが、寺山なりの照れ隠しなのかもしれない。

二、友情の章

「夏目漱石↕正岡子規――恋人のようにふざけ合う特別な関係」

タイプが違うからこそ意気投合した

「病床六尺、これが我世界である。しかもこの六尺の病床が余には広過ぎるのである」

(正岡子規《まさおかしき》『病牀《びょうしょう》六尺』)

不治の病とされた骨の結核「脊椎カリエス」を患った正岡子規。6尺、つまり、約1・8メートル四方の自室すらも広大に感じるほど、身動きするたびに激痛に襲われた。壮絶な闘病生活を送った子規だが、病に倒れる前には周囲を圧倒するほど、精力的に活動していた。中学時代から漢詩に傾倒しつつ、自由民権運動の演説にも熱中。自らも学校の講堂で演説を行うというアクティブさだ。

そんな子規は地元の松山にくすぶってはいられずに、16歳で上京。大学予備門に入学している。大学時代に出会ったのが、生涯の友となる夏目漱石《なつめそうせき》である。

二人とも落語が好きで意気投合するが、マジメで成績優秀だった漱石と子規では、ずいぶんとタイプが違った。漱石がこう呆れている（以下、夏目漱石『正岡子規』より）。

夏目漱石（左）と正岡子規（右）

> 正岡という男は一向学校へ出なかった男だ。それからノートを借りて写すような手数をする男でも無かった。そこで試験前になると僕に来て呉《く》れという。僕が行ってノートを大略話してやる。彼奴《あいつ》の事だからええ加減に聞いて、ろくに分っていない癖に、よしよし分ったなどと言って生呑込《なまのみこみ》にしてしまう

またあるときは、突然手紙が来たかと思えば「大宮の公園の中の万松庵に居るからすぐ来い」という。行ってみれば、奇麗な店で子規は奥座

敷に座っていたという。ウズラを焼いたものなどを食しながら、漱石は子規のことを「金持ちなのだろう」と誤解したが、実際は単に金遣いが荒いだけだった。

豪快な子規は、漱石曰く人間関係においても「非常に好き嫌いのあった人」だったが、漱石とは妙に気が合ったらしい。

子規は漱石が抜群の英語力だけではなく、漢文の素養もあることに感心し「我が兄のごとき者は千万人に一人なり」と舌を巻いている。一方の漱石も、ただ子規の見識の広さに一目を置いた。


彼は僕などより早熟で、いやに哲学などを振り廻すものだから、僕などは恐れを為していた。僕はそういう方に少しも発達せず、まるでわからん処へ持って来て、彼はハルトマンの哲学書か何かを持ち込み、大分振り廻していた

こやつ、なかなかやるな――。青春時代に人生が交差した二人は、互いに自分にはないものを認めてリスペクトしたのである。

期せずにして訪れた再会

子規が21歳で喀血《かっけつ》すると、心配した漱石が友人とともに駆けつけている。子規は喀血した夜に、一晩に50句も創作した。相変わらず無茶をする子規に、漱石としても気が気でなかったことだろう。

結核を発病後、子規は帝国大学文科大学国文科を中退し、新聞記者になる。子規の将来を案じた漱石は「まずは大学を卒業したほうがよい」と助言したが、言うことを聞く相手ではない。

一方の漱石は無事に大学を卒業。英語教師になっている。二人は別々の人生を歩み始めた……かに見えたが、思わぬ場所で再会を果たす。

漱石は子規の故郷である愛媛県松山市の中学に赴任する。一方の子規はと言えば、従軍記者として戦地である清に向かうが、途中で喀血。神戸の病院に入院することになった。

それを知った漱石は子規に「保養がてら帰郷しないか」と手紙で勧めている。同情していると思われないためだろう。漱石は「俳句も教えてもらいたい」と書き添えている。病院を退院した子規は、漱石のもとに身を寄せることになり、友情物語が再び幕を開けた。

子規が出した漱石へのラブレター

二人の共同生活は、1895（明治28）年の8月27日からスタートし、療養した子規が東京に戻る10月17日までの52日間にもおよんだ。漱石としても慣れない土地で、友人と暮らせたのはうれしかったに違いない。

子規が松山に来たときのことを、漱石はこんなふうに書いている。

なんでも僕が松山に居た時分、子規は支那から帰って来て僕のところに遣って来た。自分のうちへ行くのかと思ったら、自分のうちへも行かず親類のうちへも行かず、此処に居るのだという。僕が承知もしないうちに、当人一人で極めて居る

（夏目漱石『正岡子規』）

これでは、まるで子規がいきなり漱石のもとへ押しかけたようだが、前述した経緯を踏まえれば、事実ではない。だが、そこには漱石が惹かれた「子規らしさ」が込められ

ているように思う。この同居時代について、二人を知る高浜虚子《たかはまきょし》は、漱石からこんな子規への愚痴を何度も耳にしたという。

子規という奴は乱暴な奴だ。僕ところに居る間毎日何を食うかというと鰻《うなぎ》を食おうという。それで殆んど毎日のように鰻を食ったのであるが、帰る時になって、万事頼むよ、とか何とか言った切りで発《た》ってしまった。その鰻代も僕に払わせて知らん顔をしていた（高浜虚子『漱石氏と私』）

もしかしたら、この逸話も漱石の誇張が多少は含まれているのかもしれない。「参ったよ」と言いながら、子規の無礼をどこかうれしそうに語る漱石の顔が思い浮かぶようだ。

学生時代から仲のいい二人。その関係性を示すユニークな手紙のやりとりを紹介したい。1889（明治22）年、子規が自らを「妾」、漱石を「郎君」と呼び、手紙を出しているのだ。「妾」とは、女性が自分をへりくだって使うときの一人称のことで、「郎君」は、妻や情婦が夫や情夫のことを指していう語だ。子規はすっかり女性になりきって、漱石のことを「おまえさま」「あなた」と呼んで、漱石にじゃれているのだ。

そんな子規に呆れながらも、漱石もノリノリで応じている。『木屑録《ぼくせつろく》』という漢文の紀行集のなかに子規の手紙への返事が綴られており、現代語訳すると次のようになる。

無駄に年を重ねて二十三
はじめて美人に［あなた］と呼ばれた

まるで思い人同士のやりとりだ。そんな二人がともに暮らしたのだから、楽しくないわけがなかったのである。

「僕ハモーダメニナッテシマッタ」

いよいよ松山を去るときに、漱石は「御立《おた》ちやる可《か》 御立ちやれ 新酒菊《しんしゅきく》の花《はな》」と送別の句を送っている。それに対して子規は「行く我に とどまる汝に 秋二つ」と詠んだ。

「それぞれの秋を送るだろう」

重い病状を自覚して、永遠の別れを覚悟していたのだろう。子規の句は的中することになる。

漱石はその後、熊本での赴任を経てイギリスへ。子規は東京根岸の「六尺の病床」で、闘病生活を送る。それでも子規の意欲は衰えることがない。俳句、短歌の革新運動を行うべく、病床で創作活動を続けた。

しかし、子規の病状は悪化の一途を辿る。背中や臀部に穴があいて、膿が流れ出るなかで、激痛に悶え苦しんだ。ロンドンにいる漱石に手紙を出して「僕ハモーダメニナッテシマッタ」と悩みを吐露したこともあった。そして1902（明治35）年、漱石の帰国を待つことなく、子規は34歳の生涯を閉じている。

漱石は子規のことを「二人で道を歩いていてもきっと自分の思う通りに僕をひっぱり廻したものだ」（夏目漱石『正岡子規』）とも書いた。おそらく漱石は叶わないとわかっていながらも、願っていたのだろう。子規には、いつも自分を引きずりまわす存在であってほしい、と。

「芥川龍之介↔佐藤春夫
――他人に仲が悪いとは思われたくない」

文通から始まった友情

大好きだからこそ、負けたくない。佐藤春夫《さとうはるお》と芥川龍之介《あくたがわりゅうのすけ》はそんなライバルであり、親友の関係だった。

同い年の二人は1917（大正6）年、25歳のときに出会う。このときの芥川はまだ専業作家になる前で、海軍機関学校に勤務していた。一方の佐藤は、4年前に慶應義塾大学文学部を中退し、紆余曲折を経て、神奈川県都筑郡中里村《つづきぐんなかざとむら》に転居。画筆に打ち込む田園生活を送っていたが、行き詰まりを感じていた頃だった。

そんななか、佐藤は作家仲間の江口渙《えぐちかん》と同人誌を創刊。江口を通して佐藤と芥川は、互いを話題に出すようになり、やがて二人は手紙のやりとりをスタートさせる。そのうち芥川は創作の苦労もあけすけに語るようになった。

「僕は今、眼をつぶるような気で、いやな小説の続稿を書いています。前からの成行き上快漢ロロオみたいな所を、どうにか書きぬけなければならないんだから、心細くっていけません」（大正6年4月17日付）

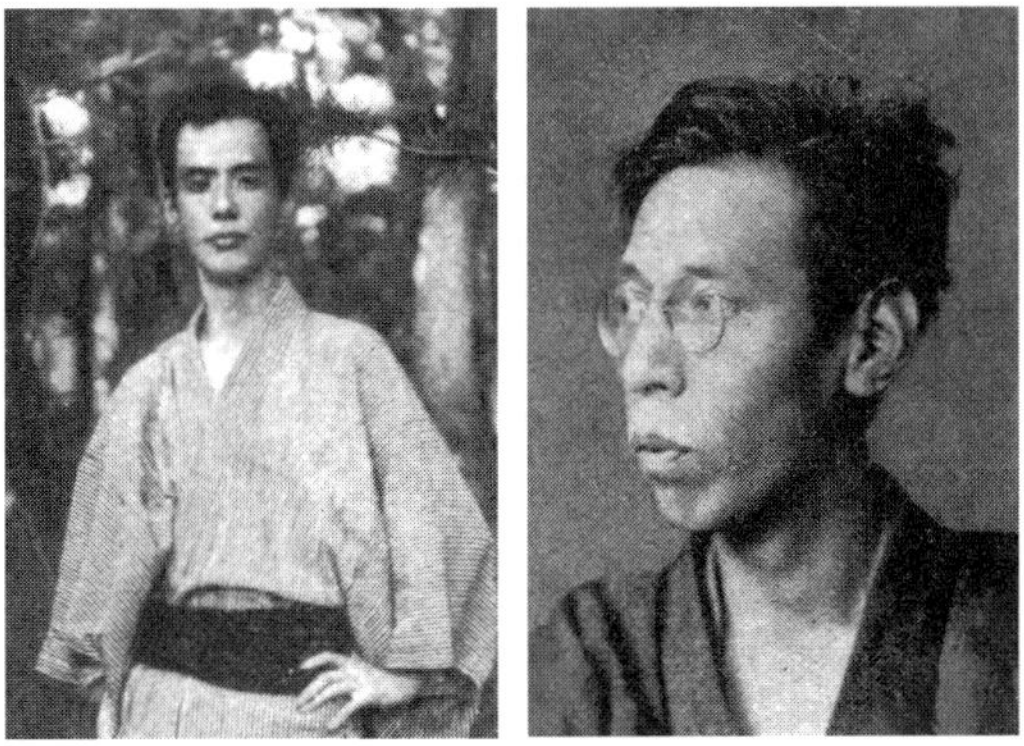

芥川龍之介（左）と佐藤春夫（右）

「快漢ロロオ」とは、当時日本で公開されていたアメリカ映画『快漢ロロー』のこと。執筆中の小説が佳境を迎えていたようだ。それでも手紙のやりとりを重ねるうちに、会いたくなってきたらしい（以下、佐藤春夫『芥川龍之介を憶ふ』より）。芥川はこんなことも書いた。

「君のところに犬さえいなければこちらから君を訪問したいとも思っている」

苦手な犬さえいなければ会いにいきたいのに……というのが、なんとも可笑しい。佐藤も芥川に惹かれたのだろう。しばらくしてから、佐藤のほうから芥川に会いにいっている。

ところが、なんだか芥川はそわそわ落ち着かない。聞けば、〆切を抱えているという。

「何、創作を一日位遅らせるのは構わんとしても、切角始めて話をするのにこう云ういらいらした気持ではお互に面白くない、君にも伝染をすると大変だからね」

〆切を遅らせることはできるけれど、せっかくの初対面は万全で迎えたい。よほど大切に考えていたのだろう。結局、佐藤は別日に出直している。以来、二人は友情を深めていく。

二人が出会ってまもなくして、芥川は創作集『羅生門』を刊行。佐藤は江口とともに、出版記念会を呼びかけて、実現させた。さらにその翌年には、負けじと佐藤が、神奈川での生活を描いた『田園《でんえん》の憂鬱』を発表。芥川のあとを追うように、文壇へと本格的に進出する。

互いに「何者かになりたいが、まだなっていない」時期に邂逅《かいこう》しているだけに、特別な友情が育まれることになった。

オソロがうれしい友人になら大事なものも

佐藤はとにかく交友関係が広かったが、芥川とは何か特別な縁を感じることがたびたびあった。

芥川が四谷信濃町に住む佐藤の家を訪ねたときのことである。文芸読本の編さんについて話すことになっていたが、佐藤が芥川に勧めた座布団がなんと、芥川の家で使用しているものと、全く同じものだった。

さらにそのあと二人で散歩をしようということになり、佐藤が着物に着替えて、引き出しから時計を取り出した。

すると芥川が「オイ、ちょっとちょっと」と素《す》っ頓狂《とんきょう》な声を出して手を差し出すので、佐藤が時計を渡すと、芥川はこう言った。

「オイこれも一緒だよ」

そして芥川も自分の時計を袂から時計を取り出した。これには佐藤も驚いて、不思議なことがあるものだなあと笑い合ったという。

谷崎潤一郎の避暑地に二人で遊びに行ったときには、海に入れるようにと、芥川が自分の履いたパンツを脱いで、ノーパンだった佐藤に（なぜ！）渡してあげたこともあった。

このとき以降、芥川は佐藤の肉体を時々、こう評するようになったという。

「佐藤は詩人にも似合わずなかなか立派な体をしている」

海辺で文豪三人が何をやっているんだと言いたくなるが、このとき時間をともにした谷崎もまた佐藤を気に入って、仲よくなっていく。

もともと、佐藤と谷崎は、芥川の出版記念会で出会ったから、いわば芥川が結んだ縁でもあった。仲のいい友達同士がつながるのはうれしいものだが、ややこしい芥川は二人の仲に嫉妬したこともあった。

「君と僕とを近づかせなかったものは、君と谷崎との友情だよ。僕は嫉妬を懐いていたんだね」

二人の関係の濃さを実感できるエピソードはまだある。佐藤は、芥川が議論を整理するときの口ぐせ「例えば？」をマネしては、本人の前でも連発。芥川は他の人が同じように真似したときは「無礼だ」と一蹴したこともあったが、佐藤のときは苦笑するばかりで、許していたという。

二人の友情に口出し無用！

とはいえ、もちろん、芥川と佐藤も同じ作家同士だ。長い付き合いのなかで、感情がざわざわすることもある。

芥川が『妖婆』という作品を発表すると、「新潮」の月評を担当していた佐藤は、この作品を「完全な失敗作」とバッサリ。辛辣な講評を受けて芥川は、佐藤を散歩に連れ出して、こんな相談を持ちかけている。

「君一つ友人としてこう云うことを了解してくれないか。つまりお互に誰が見ても明かに失敗したと思う作品を書いたような場合には敬意を表し合ってその批評は緘黙《かんもく》し合うことにしようじゃないか」

表立って批判し合うのはやめよう、という芥川。その真意について「天下の誤解を避ける為」と説明している。なにしろ、当時の新聞や雑誌は、今からは考えられないほど、文壇ゴシップを追いかけていた。芥川からすれば、批評を読んだ人から佐藤と不仲であると、勘違いされるのが嫌だったようだ。

これには佐藤も同意見で、こうこぼしている。

「世間の人々は芥川と自分との多少相容れない感情の方面だけをよく知っていてその根《こん》柢《てい》に於《お》いて案外しっかり結ばれている友情と云うものに就いては一向気がつかないらしかった。然《しか》し、当事者たる吾々同志はその両方を無論よく気付いていていた」

佐藤の酷評については、芥川は自殺する前年に、佐藤に手紙を書いて「初めて読んだときは不快だったが今は平気で読める」と当時の気持ちを綴っている。相手が大切な存在だからこそ、ずっと心に引っかかってはいたのだろう。

高村光太郎は芥川と佐藤を、ライバルだったレオナルド・ダ・ヴィンチとミケランジェロの関係にたとえていたという。傍《はた》からはむしろ仲が悪く見える。芥川は誤解を恐れたが、それくらい遠慮のない仲のほうが、友情は鍛えられそうである。

「芥川龍之介↔菊池寛
——タイプは正反対だが文学で結びついた」

芥川の忠告、菊池の反論

新聞の連載小説『真珠夫人』で一躍、人気作家となった菊池《きくち》寛《かん》。自身が貧乏に苦しんだことから、作家の仲間たちに小説を書く場を与えようと、1923（大正12）年に「文藝春秋」を創刊した。創刊号の巻頭第1ページを書いたのは、芥川《あくたがわ》龍《りゅう》之《の》介《すけ》である。

菊池と芥川は、第一高等学校で出会ったが、初めから仲がよかったわけではない。芥川は色白で、いかにも都会育ちといった風貌の持ち主だ。新入生の頃から、海外小説の原書を小脇に抱える天才青年として知られていた。

一方の菊池はと言うと、入学早々野球チームに入り、グローブも使わず袴でボールをキャッチしながら一塁手として活躍。奔放で豪快な菊池と芥川はまるで正反対のタイプだった。

だからこそ、自分にはないものを持つ相手のことを理解し始めれば、距離は一気に縮まっていく。二人が親しくなったのは、菊池が時事新報社の記者になってからのことだ。のちに菊池は芥川の紹介で、大阪毎日新聞社の客員社員となる。

長崎へともに旅行するなど、いつしか二人は親友となり、かつ、作家としては、よきライバルとなった。そんななか、創刊されたのが「文藝春秋」だった。

読者や編集者に気兼ねなく、自分たちが書きたいものを書く。菊池がそんな方針を掲げて誕生した「文藝春秋」は、創刊号が瞬く間に完売。3年分の購読料を一度に振り込む読者が現れるなど、大評判を呼ぶことになる。

しかし、雑誌の売れ行きは順調そのものだったが、菊池は編集者としての仕事に重きを置くようになり、小説を書かなくなっていた。そのため、芥川から苦言を呈されてしまう（以下、菊池寛『芥川の事ども』より）。

「『文藝春秋』を盛んにするためにも、君が作家としていいものを書いて行くことが必要じゃないか」

芥川の忠告に対して、菊池は「いや、僕はそうは思わない。作家としての僕と、編集者としての僕は、また別だ。編集者として、僕はまだ全力を出していないから、その方で全力を出せば、雑誌はもっと発展すると思う」と反論。あくまでも、編集者としての役割を全うするのだと、主張した。

だが、そうは言いつつも「僕が創作をちっとも発表しないのを心配してくれたのだろう」と、のちに振り返っている。内心は親友の忠告をしっかりと受け止めていたのだ。素直な態度をとれないのもまた、親友だからこそ、かもしれない。

芥川龍之介（中央）と菊池寛（左）

気づけなかった無言のメッセージ

その後も、菊池は編集者としての、芥川は作家としての才能をいかんなく発揮。「文藝春秋」の勢いは衰えることなく、さらに部数を伸ばしていく。複数の人で一つのテーマについて語る「座談会」も人気を博した。座談会は、今でこそ当たり前に雑誌上で行われているが、「座談会」という名称を初めて考えたのは、菊池だとされている。

しかし、状況が大きく変化したことで、体に思わぬ負担がかかっていたのかもしれない。創刊の翌年、1924（大正13）年に菊池は狭心症の発作に襲われている。すっかり弱気になった菊池は、芥川に宛てて遺書まで書いている。

長き交誼謝《こうぎしゃ》す　アトヨロシク　さよなら　そう残念でもない　満足。
文芸コーザヨロシク
芥川様　　　菊池

菊池が35歳の若さながらも、死を覚悟していたことがわかる。菊池の遺書を芥川が目にしたかどうかはわかっていない。もし目にしていなくても、身近で友の病状の深刻さを知り、さぞ心配したことだろう。

だが、結局、菊池はそんな大騒ぎをした割には、1948（昭和23）年、59歳まで生きている。むしろ早くに亡くなったのは芥川のほうで、1927（昭和2）年、35歳の若さで自ら命を絶った。

繊細な芥川に寄り添うことができなかったと、菊池はある日の出来事が忘れられなくなった。それは、いつものように座談会を行ったのち、菊池が自動車に乗り込もうとしたときのことだ。芥川がちらりと視線を送ってきた。その眼には、異様な光が走っていた。

「芥川は僕と話したいのだな」

菊池は親友の異変を感じつつも、仕事が多忙だったため、声をかけることはなかった。しかし、それが、菊池が芥川に会う最期のときとなってしまう。

1927（昭和2）年7月24日、芥川は薬品を飲んで、自ら命を絶った。

友の自殺に衝撃を受けた菊池。のちに新たな事実を知る。あの座談会のあと、芥川は二度も菊池を訪ねていたが、菊池が不在だったため、帰っていったのだという。それが、自殺するわずか数週間前のことであった。

あのときになぜ声をかけなかったのか。きちんと会って話したかった――。

後悔してもしきれない思いが菊池に残った。芥川の葬式で、菊池は嗚咽しながら、弔辞を読み上げ、こう結んだ。

「友よ、安らかに眠れ！」

友の死から8年後、菊池は「芥川賞」を設立。日本で最も有名な文学賞として、今でも若き作家を世に送り出し続けている。

「萩原朔太郎↔室生犀星
――何があっても壊れない強すぎる絆」

無二の親友に秘密を暴露された！

親友だからといって、いくらなんでもそれはないんじゃないか――。そう怒りがふつふつと湧きあがるときこそ、友情の真価が問われる。

萩原朔太郎《はぎわらさくたろう》が親友の室生犀星《むろうさいせい》に対して不快感を露わにしたのは、自分の家庭状況を勝手に小説にされたことだった。しかも、朔太郎は犀星にだけ秘密を打ち明けて、こう付け加えることを忘れなかった。

「家庭のことはなおしばらく他人にはいわないでください」

それにもかかわらず、犀星は『浮気な文明』という小説で、明らかに朔太郎とその妻や自分を登場させた小説を書き、朔太郎のプライバシーを暴露したのである。

その結果、二人の仲はどうなってしまったのか。普通に考えれば、絶交して当然だろう。だが、朔太郎は犀星に対して特別な思いを持っており、「二魂一体」、まるで二つの魂が一つの体に宿っているようだ、とまで言っている。

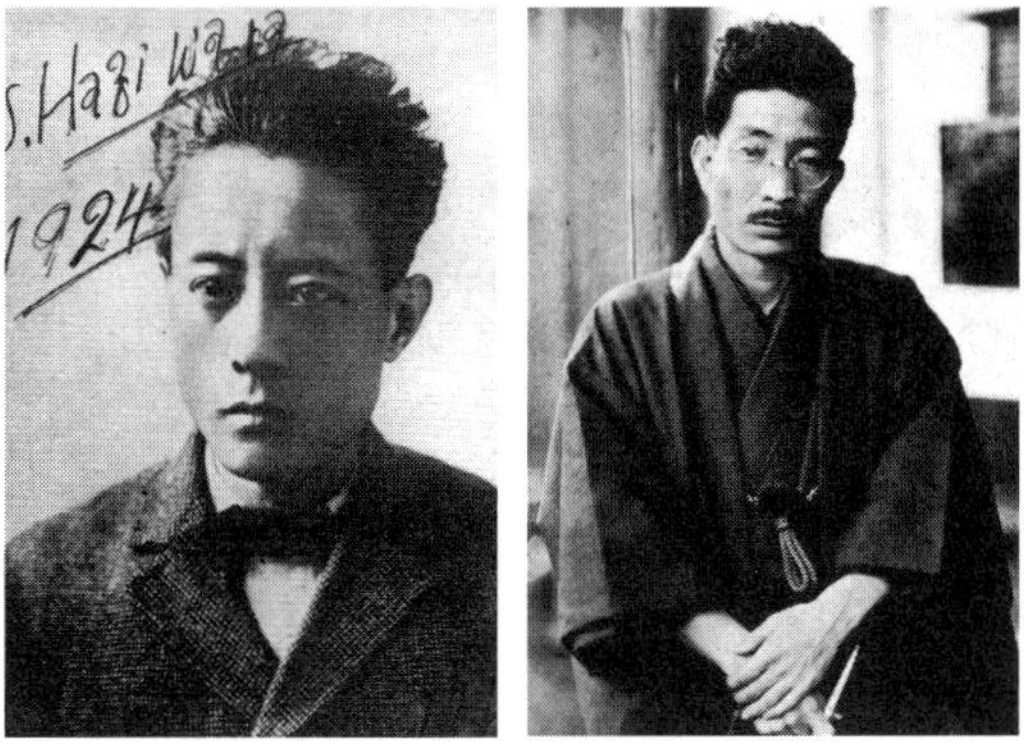

萩原朔太郎（左）と室生犀星（右）

お互いにこれ以上ない理解者だったことは、犀星の『萩原に與《あた》へたる詩』からも伝わってくる。

君だけは知ってくれる
ほんとの私の愛と藝術を
求めて得られないシンセリテイを知ってく
れる
君のいうように二魂一体だ

親友のいきなりの暴露に、朔太郎はどんな対応をしたのか。二人の出会いを踏まえたうえで、その顛末について見てみよう。

初対面の印象は「気障な虫酸の走る男」

出会いのきっかけを作ったのは、朔太郎のほうだ。

朔太郎は20歳で群馬県立前橋中学校を卒業後、落第や退学を繰り返して、24歳から東京でぶらぶらとしていたが、1913（大正2）年、27歳で故郷の前橋に戻る。じっくり腰を据えて文学活動を行うことを決意したのだ。

北原白秋が主催する「朱欒《ザンボア》」に、自分の詩が6編も掲載されたのは、そんなスタートを切った矢先のことだった。朔太郎の喜びは想像に難くないが、同じ号に載っていた詩に、朔太郎は衝撃を受ける。それは、こんなフレーズだった。

ふるさとは遠きにありて思うもの

作者は室生犀星。ちょうどこのとき、朔太郎と同じように文学に専念するために、金沢地方裁判所を退職。裁判所の上司が俳人だったことが、文学活動を始めるきっかけだったという。

極貧生活のなか、犀星を見出したのが白秋である。「朱欒」に毎号詩を載せてもらうようになり、そのことが朔太郎と犀星を結び付けることとなった。

犀星の詩に感激した朔太郎は手紙を出して、その感動を本人に伝えている。犀星も返事を出し、やりとりが始まった二人。

しかし、朔太郎は一方的に、犀星のイメージを膨らませすぎたようだ。1914（大正3）年2月14日、犀星が朔太郎の住む前橋にやってきた。繊細な美少年を想像していた朔太郎は、その期待を裏切られる。


室生君は、ガッチリした肩を四角に怒らし、太い桜のステッキを振り廻した頑強な小男で、非常に粗野で荒々しい感じがした。その上言葉や行爲の上にも、何か垢ぬけのしない田舎の典型的な文学青年という感じがあった

（萩原朔太郎『詩壇に出た頃』）


印象と違い、なんだかすごくガッカリしてしまったようだ。「僕はすっかり失望した。そして君に逢ったことを密かに悔いた」とまで言っている。

一方の犀星のほうも「第一印象は何て気障《きざ》な虫酸の走る男だろうと私は身ブルイを感じた」（室生犀星『我が愛する詩人の伝記』）と書いているので、お互いとにかく第一印象

はよくなかった。

だが、会話を重ねるにつれて、二人は打ち解けていく。3カ月もすれば、親友になったらしい。朔太郎は師の白秋にこんなことまで書いている。

室生君は始め僕に悪感をいだかせた人間ですが三ヶ月の後にすっかり惚れてしまいました、今では室生君と僕との中は相思の恋中である

朔太郎は親の援助を受けているため、貧乏な犀星に奢ることが多かった。だが、犀星が金沢に帰省したところに、朔太郎が遊びに行ったときは、随分ともてなしを受けたらしい。朔太郎は一流の芸者を二人もつけてくれた犀星に感激している。

室生のことを考えると涙が出ます、あの男はあの男のもてるすべてのものを私に捧げてくれました

何かと熱い男、朔太郎。だが、犀星も負けてはいない。ある出版記念会で、朔太郎が演説していると、聞いていた詩人がからんできて、つかつかと駆け寄ってきた。

朔太郎が「殴られるかもしれない」と思っていると、遠くから犀星が凄まじい剣幕で椅子を振り廻しながら飛んできたという。朔太郎を助けようと無我夢中になったらしい。

朔太郎は、『室生犀星に與《あた》ふ』では実に「室生君！」と34回も呼びかけて、思いの丈をぶつけて、次のように書いている。

「僕の寂しい孤独の過去は、ただ君一人しか親友を持たなかった」

かけがえのない友とは二人のようなことを言うのだろう。

暴走すらも理解して許す信頼関係があった

そんな二人だったからこそ、朔太郎は妻の稲子についても、相談していた。

すでに夫婦は倦怠期に陥っており、朔太郎もいろいろと手を打っていたものの、最終的には離婚を決断する。犀星には、手紙で「いよいよ僕は決断した」「家庭を破断してしまうのである」と明かしながら、こう釘を差していた。

「しばらくは絶対に秘密のこと。君にだけこっそりと暗示するのだ」

だが、犀星はこのときすでに、朔太郎の家族を題材にした『浮気な文明』を書き上げていた。そして、朔太郎の言葉を無視して、小説を発表してしまったのである。

いきなり小説が出たことで、朔太郎の周囲が大騒ぎになったことは言うまでもない。朔太郎が犀星にこんな手紙を書いたのも当然のことである。

「僕の信頼する君までが、小説の種に人の家庭内事を持ち出すとは意外であった。明白に言うと、僕として不快であった」

どう考えても犀星が悪いことは明らかである。このまま友情は決裂すると、誰もが思うだろう。しかし、犀星は朔太郎を貶めたかったわけではない。小説にして公にするという強引なやり方で、離婚を後押ししようとしたのだ。

その意図は、朔太郎にも理解できたらしい。朔太郎は不快感を示すより先に「君が友情によって僕を鼓舞し、僕について考えてくれる厚情はよく解る」とも別の手紙で書いている。かなり余計なお世話ではあるが……。

結局、犀星の暴走を朔太郎は許している。ほかの気に入らない作家の批判をしながら、数カ月後の手紙でこの問題についてこんな総括をした。

「君もよく僕をモデルにして悪態や風刺画を書くけれども、君のは根本に無意識の友情がひそんでいるから、読んで表面的に腹は立っても、心の底ではどこか人の好い友情の微笑を感じさせる。だから君の場合は決して不愉快な印象を残さない」

実は、犀星の小説のせいで、朔太郎は予定よりも時間をかけて、離婚しなければならなくなった。それにもかかわらず、この「神対応」は、なかなかできないだろう。朔太郎は続いて「君なら何を書いたって構わないよ。少しも遠慮することはない」とまで言っているのだから、信頼度のレベルが段違いである。

また、犀星のゲリラ的な暴露については、先んじて自分が作品にしてしまうことで、あらぬスキャンダルに揉まれることから朔太郎を守ろうとしたのでは……とも言われている。

土台に揺るがない友情がある、朔太郎と犀星。たとえどんなことがあっても、二人の仲が壊れることはなかった。

「萩原朔太郎&室生犀星↔北原白秋
――手紙からほとばしる詩人たちの熱い交友」

先輩への熱烈な思い

萩原朔太郎《はぎわらさくたろう》と室生犀星《むろうさいせい》という無二の親友を結び付けたのが、北原白秋《きたはらはくしゅう》が主催する「朱欒《ザンボア》」である。朔太郎と犀星にとって白秋は文学の師であり、自分たちを世に出してくれた恩人でもあった。

それでいて、朔太郎と犀星にとって白秋は、仰ぎ見る殿上人ではなかった。年がさほど変わらないこともあるだろう。白秋は朔太郎の約2歳年上に過ぎず、犀星から見ても4歳しか違わない。師匠と弟子でありながら、同志として親しく交わったようだ。三者三様のまっすぐな言葉からも、互いの愛情の深さを感じることができる。

最初に犀星と会いほれ込んだ朔太郎だったが、あこがれの白秋と会うと、同じようにぞっこんになった。手紙でこんなことを言っている。

「あなたに逢ってから二度同性の恋というものを経験しました」

思い込んだら一直線の朔太郎。突っ走るところがあり、「朝から晩まであなたからはなれることができなかった私をお考え下さい、一日に二度も三度もお伺いしてお仕事の邪魔をした私の真実を考えてください」

と呼びかけて、こう続けた。

「夜になれば涙を流して白秋氏にあいたいと絶叫した一人のときの私を想像してください」

一方の犀星は朔太郎のように、相手が戸惑うようなパッションはないものの、やはりちょっと変わっている。年長の白秋のことを「北原君」と呼んでいたという（以下、室生犀星『交友録より』より）。その理由をこ

萩原朔太郎（左）と北原白秋（中）。白秋が前橋の萩原家を訪ねたときの写真。白秋と腕を組んでいるのは歌人の尾山篤二郎

う説明している。

「北原君と言ってわるい気がするが、そう呼ぶと僕は自分の生意気を愛する気持になれるからである」

三人のなかで年少でありながら、なんだか上から目線がほほえましい。白秋に会いにくい理由もなかなか独特である。

「会いにゆくと喜んでくれる。喜んでくれすぎるので行きにくい」

この複雑な感情とは対照的に、朔太郎はあくまでも愛情表現がストレートだ。白秋にこうも書いている。

「憎い奴は殺さなければ気がすまない、好きな人は抱きつかなければ気がすまない、僕はここに居ます」

白秋もずいぶんと個性的な二人に慕われたものだが、朔太郎の詩集『月に吠える』の序文では、朔太郎にこう語りかけている。

「何と云っても私は君を愛する。そうして室生君を」

さらに「君の歓びは室生君の歓びである。そうして又私の歓びである」とも。朔太郎と犀星。二人の熱い思いをしっかりと受け止めていた。

「川端康成↔横光利一
――ピンチの友を救うのは当たり前」

文壇に物議をかもす「怪企画」に親友が怒る

相手の気持ちに同調することだけが、友人ではない。

間違えた道に進もうとしているのならば、止めなければならないときがある。川《かわ》端《ばた》康成《やすなり》は友の横光利一《よこみつりいち》が怒りに駆られて行動したとき、そんな気持ちだったのではないか。

事の発端は、1924（大正13）年の「文藝春秋」11月号に「文壇諸家価値調査表」が掲載されたことにある。文学者たちをずらりと表にして「天分」「度胸」「風采」「人気」「資産」などを採点。そのほかにも「性欲」「好きな女」なんて評価項目もあった。

この失礼な企画に、横光が激怒したのだ。何も自分が載せられたからだけではない。「文藝春秋」は横光の恩人でもある菊池寛が創刊したもの。菊池に書く場所を与えられて、川端も横光も「文藝春秋」で筆を振るっていた。

そんななか、川端は自分たちで新しく「文芸時代」を立ち上げることを決意。横光も合流している。

「文壇諸家価値調査表」が「文藝春秋」に掲載されたのは、そんな新しい船出に張り切っていた最中の出来事である。横光はこの企画を、菊池による「文芸時代」の嫌がらせだととらえて、怒り心頭。文藝春秋社への抗議文を読売新聞に投書したのである。

だが、川端からすれば、それが横光の誤解だということは明らかだった。というのも、「文芸時代」に関係する人だけではなく、あらゆる作家が、その誌面ではからかわれていたからである。田山花袋にいたっては、代表作『蒲団』の内容を踏まえて「好きな女」に「弟子」と書かれている始末だった。

実際のところ、「文壇諸家価値調査表」は、直木三十三が面白がって作ったもので、菊池寛は表の作成には何らタッチしていなかったのである。ただ、送られてきたものを、菊池はボツにしなかったというだけのことだった。

こんなことで恩人と対立するのは、自分はもちろん、横光にとってもよくないはず。

何しろ自分たちを引き合わせてくれたのも、菊池寛なのだから――。
親友の怒りをどうなだめるか考えながら、川端は一風変わった横光との出会いを述懐していたことだろう。

川端康成（左）と横光利一（右）

牛鍋に手をつけないストイックな男

「あれはえらい男だから友達になれ」（川端康成『文学的自叙伝』）

川端が横光という生涯の友と出会えたのは、菊池がそう言って紹介してくれたからだった。以来、二人は「新感覚派」と呼ばれて文壇で注目を浴びながら、ともによき理解者であり、互いにサポートし合うようになる。横光が川端より1歳上なので、年はほぼ同じだ。

1921（大正10）年、小石川中富坂の菊池の家で二人は初めて出会う。このとき、川端は東京帝国大学文学部英文学科の学生で、第6次『新思潮』を創刊。同人誌の名を引き継ぐにあたって、菊池の知遇を得ている。

川端は菊池を通して、芥川龍之介や久米正雄《くめまさお》らとも面識を持つ。世話好きの菊池は若き文学者同士に交流を持たせようとしてくれた。横光ともそんな菊池の計らいによって、対面を果たした。夕方には牛肉屋「江知勝《えちかつ》」へと連れていってもらい、三人で牛鍋をつついている。

いや、正確に言えば、横光は牛鍋を囲みはしたが、箸はつけなかった。菊池に促されてもなお食べなかった理由を、のちに川端と対談したときにこう説明している。

「豪《えら》い人の前で牛肉を食うなど、無作法で鼻持ならんと思ったのだ」

食べないほうがかえって失礼な気もするが、マジメな横光らしい考えではある。菊池が川端に「えらい男だから友達になれ」と言ったのは、この食事のあとのことだ。

川端はこのとき横光と初めて会い、ほかにも強く印象に残ったことがある。おそらく牛肉屋からの帰り道だろう。横光は小説の構想を話し出すと止まらなくなり、道端のショウウインドウに歩み寄っていく。そして、おもむろに、そのガラスを病院の部屋の壁に見立てて、病人が壁添いに崩れ落ちる真似をしてみせたという。

初対面からナチュラルに奇人ぶりを発揮した横光だったが、ほとばしる文学への情熱に川端は心打たれたようだ。「横光氏の話しぶりには、激しく強い、純潔な凄気があった」（川端康成『解説』）と振り返っている。

二人には、貧乏学生という共通点もあった。ともに菊池の庇護を受けたが、川端は「当時の横光氏は私よりひどい貧乏であったが、じっとこらえて私のような迷惑のかけ方はしなかった」（川端康成『文学的自叙伝』）と言う。

やがて、前述したように川端のアイデアで「文芸時代」を創刊。川端は横光の作風の特色を理解した上で、理論化もした。横光もそんな川端のサポートを経て、自身の文学論を展開している。

二人は積極的に作品を発表して雑誌「文芸時代」を盛り上げていく。まさに「同志」という言葉がぴったりだった。

川端の冷静な判断に救われた横光

そんなときに起きたのが、冒頭の騒動であった。横光が「文藝春秋」への抗議文を、新聞に投稿したと知った川端。共通の友人である今東光《こんとうこう》によると、川端は横光をこうたしなめたと言われている。

「物心両面の恩人に対して絶交を宣するというのは怪《け》しからん」（今東光『東光金蘭帖』）

すぐに川端は横光とともに読売新聞社に向かい、掲載を取り止めてもらっている。その翌日、横光は川端に「とにかく癪にさわる」と自分が腹を立てた理由をつらつらと手紙に書いた。あの企画で「文芸時代」の者たちを対立させようとしたとして、横光はまだ納得していなかったようだが、川端にこう詫びるのも忘れなかった。

「君に一言云わなかったのは悪かった」「それは先《ま》ず赦《ゆる》して貰いたい」

だいぶクールダウンしたようである。もし、このときに横光が菊池寛や「文藝春秋」と対決姿勢を鮮明にしたならば、横光のその後の活躍は、やや違ったかたちになったかもしれない。

こんなことがあったからだろう。横光は川端とさらに距離を縮めていく。

そんなときに家に呼ばれても

二人の親密さを表すこんな逸話もある（以下、川端康成『文学的自叙伝』より）。ある日、二人で歩いていると、横光がこう言い出した。

「家へ寄ってくれ」

川端がもう時間も遅いので遠慮しようとすると、横光はこう続けた。

「今夜多分嫁が来る、もう来ているかもしれぬ、だからちょっと寄ってくれ」

何でも横光は結婚したばかりで、今日がお嫁さんの来る初日だというではないか。そんなタイミングで呼ばれても、あまりにも気まずい。そもそも、なぜそんな大切な日に友達と散歩しているのか……。結婚することすら知らなかった川端が、大いに困惑したことは言うまでもない。

また横光が最初の妻を病気で亡くし、再婚したときのことだ。披露の席で川端にこう声をかけている。

「これから逗子のホテルへ君もいっしょに行こう」

新婚旅行に川端を同行させようとしているのだ。十分、変人なはずの川端をしても「常識ではとうてい計算出来ない」と言わしめているだけはある。おそるべし横光。

一方で、とうてい計算できない横光の行動の裏に、深い優しさがあることも川端は知っていた。新婚旅行に同行させられそうになったのも「その日伊豆から出て来た私が泊るところに困るだろうとの、横光氏らしい思いやりである」と意図をくみとり、感謝している。

これまでも、川端は横光の細やかな優しさを随所に感じてきた。あるとき、改造社が川端の作品について「すべてを列冊《れっさつ》にして出版したい」と言ってきた。唐突だったので「どうもおかしい」と川端は不思議に思っていた。そこで二人で銀座を散歩しているときに、川端は横光にこう尋ねた。

「君が話してくれたのか」

横光は「いやあ」と顔を赤らめて、そっぽ向いたと川端は振り返っている。

「恩人としての顔を君は見せたためしは無かったが、喜びにつけ悲しみにつけ、君の徳が僕を霑《うるお》すのをひそかに僕は感じた」

50歳を手前にして横光は病死。これは先立たれた川端の弔辞に出てくる言葉だ。横光からすれば、「あのときの暴走を止めてくれたお前こそが恩人だ」という思いがあったかもしれない。

二人の関係には、押しつけがましさはかけらもない。さりげない友情が川端と横光の間にはずっと横たわっていたのである。

「梶井基次郎↔三好達治 ――感性豊かな作家の予期せぬ言動」

三好を驚かせた「梶井の読書術」

彼の才能は、どうしても世に出さなければならない――。梶井基次郎《かじいもとじろう》にそんな思いを抱いていたのが、友人の三好達治《みよしたつじ》である。

梶井は東京帝国大学の在学中に、中谷孝雄らと同人誌「青空」を創刊。創刊号には、梶井の代表作となる『檸檬《れもん》』を掲載したが、当時は何の反響も得られなかった。まもなくして三好も「青空」に参加。三好は梶井の作品に触れて、その才能にほれ込んでいく。

梶井の作品である『冬の日』については、三好が「室生犀星《むろうさいせい》に読んでもらいたい」と考えて、全く面識がないにもかかわらず、手紙を添えて送り届けたこともあった。

三好は、梶井が熱心に読書する姿勢にも心が惹かれたという。幅広いジャンルの本を読みながらも、作品が気に入ったら、集中して読み込むのが、梶井のスタイルである。三好にこう豪語したこともあった。

「漱石全集は縦からでも横からでも日記書簡のどこを問われても速答の出来ない箇所はない」

その後はトルストイに夢中になって『戦争と平和』や『アンナ・カレーニナ』を繰り返し読んだこともあれば、マルクスの『資本論』にハマったこともあるし、ただ芭蕉だけを愛読した時期もあった。肺の病に苦しみ、伊豆で療養生活を送った時期もあるが、体調が回復せずに故郷に戻ったときは、創作の筆を折り、ただひたすら読書していたという。

一方の梶井もまた三好の詩が好きだった。詩から小説に転向しようとする三好に梶井が「君がほかへ心を向けるようなことがあれば　それは君の堕落だ」と苦言を呈したこともある。だが、その後の手紙で「言葉が少し唯心的に過ぎて　あとで気になった」と自身の表現を反省。「仕事で大切な詩作の時間が奪われることは非常に辛いことと思う」と、あくまでも詩作に励んでほしい、という真意を丁寧に説明している。

全く読めない「梶井の奇行」

とはいえ、ただ作品を認め合うような淡い関係になるには、梶井はあまりにエキセントリックだった。

梶井基次郎（左）と三好達治（右）

三好と梶井は大学時代に、東京の麻布で一つの家の2階でともに住んでいた。ある晩、ふすま越しに梶井が呼ぶので行ってみると、こう言って三好にガラスのコップを電灯に透して見せたという。

「葡萄酒を見せてやろうか……美しいだろう……」（三好達治『梶井基次郎』）

確かに鮮明で美しかったが、実は梶井が吐いたばかりの血だったという。なかなかリアクションに困りそうだ。翌年、三好の勧めで、梶井は伊豆湯ヶ島で転地療養を行うことになる。

また、梶井が箱根で養生しているときには、梶井が三好を本気でぶん殴ったこともあった。なんでも梶井が大切にしていた青森産のリンゴを何も言わずに、三好が食べたことに腹を立てたという。何も殴らなくてもよいのではと思うが、それは川端康成からもらったリンゴだった。その美しさから梶井はピカピカに磨いて床の間に飾っていたという。そんな大事そうにしていたならば、三好の配慮が足りなかったような気もしてくるが、リンゴを床の間に鎮座させる感性は梶井ならではだろう。

絶対に残したかった「梶井の檸檬」

梶井の病状が深刻になると、三好は「なんとか梶井が生きているうちに本を出してやりたい」と東奔西走する。武蔵野書院との交渉をまとめて、梶井に計画を相談している。梶井は自分の本を出すことにそれほど乗り気ではなかったが、三好の熱意に応えて出版に踏み切っている。その本こそが『檸檬』だった。

『檸檬』の刊行にあたって三好が寄せた「『檸檬』――梶井基次郎君に」では、次のような一節がある。

「君の本が出る。永久の本、確かにこれは永久に滅びない本だ。君の本が出ることは、僕の無上の喜びである」

梶井の本を出すべく、苦心した三好の実感のこもった言葉だろう。「僕らの時代の若い作家達の間で、君ほど最初から自信に満《み》ちた仕事をした人はない」とも言っている。

しかし、そんな二人にも別れが訪れる（以下、三好達治『梶井基次郎君の憶出』より）。

病に伏せた梶井を三好が訪ねたときのことだ。梶井はヒマラヤ山脈を取り上げた新聞記事を引き合いに出しながら、登山者の呼吸困難について「実際にここに書いてある通りなんだよ」と語った。肺を患う梶井にとって、日々の執筆はそれほど大きな負担だった。それでも原稿用紙に小説を書き上げて、読んだ三好に激賞されると、こんなふうに喜んだ。

君が来てくれたのでどうやら先が書けそうになった、ほんとに心細かったんだよ

この日の会話が、三好と梶井にとって、最後のやりとりとなった。

１９３２（昭和7）年、梶井は31歳の若さで没する。梶井の訃報を聞いたときは「どうにもじっとしてはいられないような気持になった」という三好。「せめてもう二三篇彼の円熟した文章、会心の作品を遺しておいて欲しかった」と落胆を隠さなかった。

「太宰治↕坂口安吾——酒を介してすぐに仲よしになる」

座談会で意気投合した二人

太宰治《だざいおさむ》も坂口安吾《さかぐちあんご》も、ともに「無頼派《ぶらいは》」と呼ばれた作家だ。やはり気が合うのだろう。二人は1946（昭和21）年11月22日、実業之日本社主催の座談会で出会い、たちまち意気投合している。このとき太宰は37歳、坂口は40歳だった。

座談会のテーマは「現代小説を語る」。ちょうど坂口がエッセイ『堕落論』で一大センセーショナルを巻き起こした頃だ。座談会には、やはり無頼派作家とされた織田作之助《おださくのすけ》も参加している。

冒頭では、司会者の平野謙が「アウトロー的な太宰や坂口、織田の三人がそろえば面白くなる」といった趣旨を説明する。のっけから太宰は、オーソドックスから外された扱いをされることに「冗談じゃないよ」と不満顔だ。

そんな太宰を坂口がなだめるところから、二人の軽妙なやりとりがスタートする。

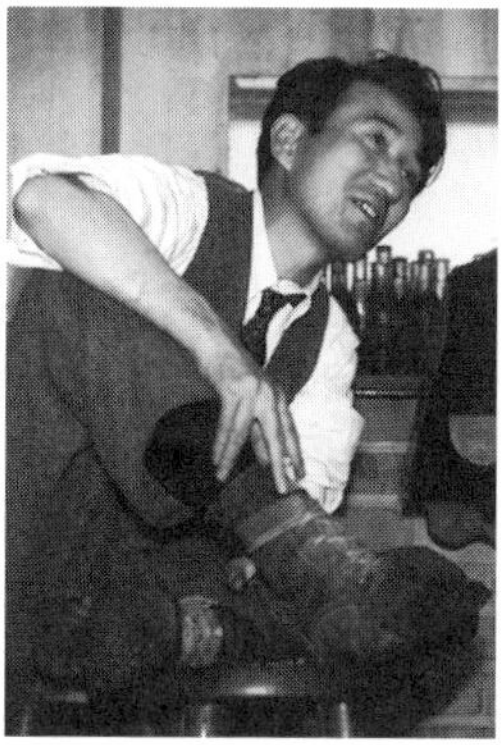

太宰治（左）と坂口安吾（右）

坂口　われわれはつまり横道だということ……ね。みなそう考えているよ。

太宰　僕は坂口さんの小説など、あまりオーソドックスすぎて、物足りないくらいなんですよ。かえって……。

坂口　確かにそうだな。

初対面とは思えないやりとりだが、実は、参加者の一人である織田が2時間も遅刻したため、飲んで待っている間に、開始時間にはすっかりできあがっていた。座談会の後半では、独身の坂口に太宰がからんでいる。

太宰　それじゃホームをつくりなさい。ホームをつくって大事にして……。

坂口　大事にする気がしない。寝取られることを覚悟しているということだよ。

太宰　弱いのだ。坂口さんは実に弱い人だね。最悪のことばかり予想して生活しているからね。

坂口　ほんとうにそうだよ。僕は初めから……。

終盤では「座談会はもういいよ」と言う太宰に、坂口が「今度は文学でないことを喋べろうよ」と言っているのが可愛い。この3日後にも、三人は存分に語り合っている。今度は雑誌『改造』主催の鼎談《ていだん》だ。

この鼎談のあとに、銀座のバー「ルパン」で飲んでいると、写真家の林忠彦が現れて、みなの写真を撮った。バーカウンターの椅子の上であぐらをかく太宰の写真は、伝説の一枚と言ってもよいだろう。あのリラックスした表情からも、いかに楽しい場だったかが伝わってくる。

太宰の心中にショック……カレー100人前注文！

だが、座談会から1年半後、1948（昭和23）年6月13日に、太宰は入水自殺をし、38年の生涯に幕を閉じる。

その後、坂口は精神的に追い込まれて、覚せい剤や睡眠薬に手を出す。カレーライス100人前を出前でいきなり頼ませて、庭に並べるという奇行を見せたりもした。時期的に、太宰の心中も調子を崩したきっかけの一つだったのではないだろうか。

坂口にとって、太宰の死がいかに受け入れがたいものだったのかは、心中から2カ月後に書かれた『太宰治情死考』からもわかる。

坂口は、山崎富栄《やまざきとみえ》と心中したことを「こんな筋の通らない情死はない」と憤慨。太宰を奪われたという意識からだろう。富栄を「利巧な人ではない。編集者が、みんな呆れかえっていたような頭の悪い女であった」とこき下ろした。

さらに太宰の遺書にも異議を唱えている。

「太宰は小説が書けなくなったと遺書を残しているが、小説が書けない、というのは一時的なもので、絶対のものではない」

これだけ坂口が言うのは、座談会で太宰がこんなふうに語っていたからかもしれない

（以下、「歓楽極まりて哀情多し」より）。

「ぼくはね、今までひとの事を書けなかったんですよ。この頃すこうしね、他人を書けるようになったんですよ」

そんな太宰が語る自身の成長に、坂口は「それはいいことだね。何か温たかくなればいいのですよ」と応じている。座談会の終盤では、太宰が「あなたが一番お人好しだよ」、坂口が「太宰が一番馬鹿だよ」という応酬もあった。

坂口は『不良少年とキリスト』でも入水自殺した太宰に激しい怒りをぶつけている。そこではこうも書いた。

「生きることだけが、大事である、ということ。たったこれだけのことが、わかっていない」

伝えたい相手はもういない。座談会での思い出だけがいつまでも輝いていた。

「太宰治↔林芙美子 ——似た者同士だから気を許し合った？」

太宰のせいで大変なことに巻き込まれる

めちゃくちゃなことをされているのに、なんだかつい許してしまう。林芙美子《はやしふみこ》にとって、6歳年下の太宰治《だざいおさむ》はそんな不思議な存在だった。

芙美子は1928（昭和3）年、24歳のときに自伝的小説『放浪記《ほうろうき》』を芸術誌で連載。2年後に、改造社から単行本として刊行されると、たちまちベストセラーとなった。その頃、太宰はまだ弘前高等学校を卒業したばかりで、まもなく文壇デビューを果たす。

時が流れて二人が親しくなったのは、太宰は37歳、芙美子は43歳のとき。きっかけは、亡き織田作之助《おださくのすけ》の親族会議で顔を合わせたことにあった（以下、林芙美子「友人相和す思ひ」より)。

会議では、織田と内縁関係にあった輪島昭子の処遇について紛糾。昭子が泣き出して、ただならぬ雰囲気になると、太宰が思い切った提案をした。
「それでは、夫人を私達で引き受けましょう、ねえ、林さん、そうしましょう」

いきなり呼びかけられた芙美子もさぞ驚いたことだろう。これで「嫌です」とはなかなか言いにくい。

しかし、太宰はそう言いながらも、二間しかない小さな家に住んでおり、妻子もいる。結局は巻き込まれた芙美子しか頼りにならなかった。芙美子はこう振り返っている。
「大変困った話ではあったが、私が昭子夫人を引き取る事にして、ついに一年半ばかり、昭子夫人は私の家の食客となった」

あまりに自由すぎる太宰に、芙美子が文句を言うと「引っ込みがつかなかったんですから。勘弁してください」と開き直っている。それでも内心は悪いと思っていたらしい。その後、芙美子の家を訪れては「どうもすみません」と謝罪。正月には、紋付の羽織袴で芙美子の家を訪問し、「血気にはやってまことに申しわけない」とやはり謝ったのだという。

そんなことがあり、太宰は芙美子の家を計4回ほど訪ねている。だが、訪問はいつも

太宰治（左）と林芙美子（右）

朝の11時で、夜にはぐでんぐでんになるまで飲み、最終的には芙美子の家の者に送ってもらっている。まるで悪いと思っている様子が見られないが、しまいには、芙美子や昭子に、こんな説教をし出したこともあった。

「人の情けと云うものにはきりがあるものだ、いくら、あずかると云っても、こう長くべんべんといるてはありませんよ」

初めに「預かりましょう」と言っておきながら、芙美子に丸投げしている太宰だけには、二人とも言われたくなかっただろう。

芙美子にとって、太宰は憎めない奔放な弟のような存在だった。

芙美子を「頭の禿げた洋画家」に

太宰が芙美子の家に弟子で編集者の堤重久《つつみしげひさ》を連れていったこともある（以下、堤重久『太宰治との七年間』より）。電車で向かっている途中で、太宰は堤にこんなことを言っている。

「おれ、林さんのもの、なんにもよんでおらんのだよ。最近、どんなものがあるのかね」

堤から『うづ潮』という作品が評判だと教えてもらうと、太宰は芙美子を訪問して、挨拶もそこそこに、こう言った。

「先生の『うづ潮』、あれには感服しました」

わざわざ自分から言い出したのだから、相手もまさか読んでないとは思わなかったことだろう。芙美子が「太宰さんの気に入れば、自信を持っていいわけね」と喜ぶと、太宰は「そりゃあ自信は大いに持つべきですよ」と答えて、同行した堤を呆れさせている。

堤は太宰と芙美子が会話する様子をこんなふうに記している。

「太宰さんは、後輩らしく、珍らしくへりくだった態度で口をきき、林さんは先輩らしく、火鉢の向うで腕組みして、フン、フン、といったような返事をしていた」

後輩しぐさの太宰がなんとも新鮮だが、『眉山《びざん》』という作品では、とんだ「先輩いじり」をしている。冒頭から、「林芙美子」という登場人物を登場させて、「林芙美子さんだ」というセリフを書いているのだが、続く描写がすごい。

「それは僕より五つも年上の頭の禿げた洋画家であった」

性別も違えば、職業も風貌もまるで違う。太宰のイタズラに「まったく……」とどこかうれしそうに怒る芙美子の様子を想像して、思わずニヤニヤしてしまう。
太宰は芙美子との交流から『ヴィヨンの妻』を着想。装幀や挿絵は、太宰から頼まれて芙美子が描いている。本が完成すると、太宰はうれしそうに3冊も芙美子のもとへ持参したのだという。

太宰を甘えさせた芙美子の驚くべき申し出

そんな二人の関係性について、芙美子はこんなふうに表現している。

太宰さんは、私には甘ったれる程甘ったれた人である。私もまたそれを許していた
（林芙美子『友人相和す思ひ』）

仲のよい二人だったが、人生が交錯したのは1年程度だった。太宰が38歳で自殺したからだ。太宰の死後、芙美子は太宰の愛人だった太田静子に会いにいったという。どんな用事だったのか。太宰と静子の間にできた娘、太田治子は当時赤ちゃんだったが、母

から聞かされたのだろう。『石の花—林芙美子の真実—』でこう書いている。

「執筆に追われる中を、彼女は一人で神奈川県下曽我のわが家に現れた。太宰の愛人である母との間に生まれた私を、是非養女にほしいと思ってお忍びできたのである」

静子が女手一つで育てる決意をしていたため、実現はしなかったが、驚くべき提案である。当時、芙美子が患っていた病も踏まえて、その胸中を治子はのちにこう推し量っている。

「持病の心臓弁膜症が次第に悪化していく中での芙美子の死の予感は、太宰の死と共にいよいよ深まってきたのではないだろうか。それだけに私を養女にして太宰の分もふんばって生きたいという思いが、強くわいてきたとも考えられる」

芙美子は1951（昭和26）年、47歳の若さで、心臓麻痺によって急逝。太宰の死から3年後のことであった。

それにしても短い交際期間でこれだけ互いに波長が合ったのはなぜなのだろうか。二人の生涯を振り返ると、共通するところがある。

私生活の面を見てみれば、芙美子は既婚者でありながら、奔放に恋愛をしたことでも知られている。太宰もまた多くの女性と浮き名を流した。そして、二人とも我が強く周囲ともめることがしばしばあった点でも似ており、同じタイプ同士で何かと馬が合ったのだろう。

早く林さんのお宅に上がるようになっていればよかったですね
（林芙美子「友人相和す思ひ」）

太宰はあるとき、そんなことを言ったという。芙美子もまた同じ気持ちだったことだろう。

「中原中也↔草野心平 ——互いに酒・喧嘩・宮沢賢治好きで意気投合」

宮沢賢治作品が二人の仲を深めた

中原中也《なかはらちゅうや》と太宰治《だざいおさむ》がおでん屋の「おかめ」で口論となり、大ゲンカになったとき、そばにいたのが、檀一雄《だんかずお》と草野心平《くさのしんぺい》だ。そのときに心平は檀とつかみ合いのケンカを繰り広げている。檀が太宰に味方するなか、心平は中也のほうに味方しなければと思ったのだろう。

中也と心平が初めて出会ったのがいつだったかは定かではない。だが、心平にとっては、1934（昭和9）年の詩の朗読会で、中也を見た印象が強烈だった。

翌年に創刊する詩誌「歴程《れきてい》」が主催した朗読会で、ベレー帽を被った中也は一人でぽつんとソファに腰かけていた。それぞれが自作の詩を朗読していき、順番がくると、中也は「サーカス」を朗読。詩を読む中也の声が、心平の心を大きく動かす。

中原中也（左）と草野心平（右）

それは中原調とでも言うべきものであって斬鬼新鮮であった。そのような朗読を私はそれまで聞いたことがなかった。ハスキーな低音で、しかも胸に沁みこむようなさびしさとキリモミのような痛烈さがあった（草野心平『中原の自作詩朗読』）

また、ちょうどこの頃、中也の初めての詩集『山羊の歌』が、本文の印刷から実に2年の歳月を経て、いよいよ刊行されようとしていた。詩集の装丁について中也は、出版社の文圃堂《ぶんぽどう》書店にこんなリクエストをしている。

「『宮沢賢治全集』のような本にしてもらいたい」

賢治好きの中也らしい要望だが、『宮沢賢治全集』の責任編集者を務めたのが、心平だった。心平もまた賢治作品を高く評価し、その魅力を文圃堂書店の社主である野々上慶一に熱弁。全3巻にわたる全集の刊行に至っている。装丁は高村光太郎が無償で引き受けてくれた。そこで中也は自分の詩集も同じようにしたいと言い出したのだ。

「高村光太郎さんにお願いして字を書いてもらいたい」

中也は心平と二人で高村光太郎を直接訪ねて『山羊の歌』の装丁を依頼。快諾を得ることに成功した。二人のコンビネーションがよかったのか、光太郎はこう回想している。

「なんだか約束事のような感じがして安心して引きうけた」（高村光太郎『夭折を惜しむ』）

中也が生前に残した詩集はこの『山羊の歌』の一冊のみ。もう一冊の代表作『在りし日の歌』は中也の死後に、心平を始めに友人の手によって刊行されたものである。

酒を愛して議論に暮れた二人

一方で、中也もまた心平の詩を愛した。心平の第三詩集『母岩《ははいわ》』が出ると、こんな文を寄稿。心平作品に太鼓判を押している。

「草野君の感覚を僕は好きだ。そのピントは実に正確だ。つまり彼は詩人として第一に大事な点に於ては決してころがりっこないのだ」（中原中也『草野心平詩集「母岩」』）

そこでは、心平が酒を飲んではすぐに眠ってしまうことについても、「酒場であろうと屋台であろうと、その場に眠ってしまう。それがまた実に自然だ」と書いている。友人ならではの描写だろう。

さらに「友達として一言忠告させて貰うなら」として、こう続けている。

「その生活ぶりに、時として余りに野放図なものがあるので、謂《い》わば必要以上に衰弱して居る日があって、そんな日に出来た詩は、あの感覚と同居しにくい抽象概念を招きすぎて、読者を混乱させる場合がある」

中也と同じく酒を愛する心平の型破りな生活を心配している。なにしろ心平は後年、酒好きが高じて居酒屋の経営に乗り出しているくらいだ。そのときも客とともに飲んでは激論を交わし、もめ事があれば「その喧嘩、俺に売ってくれ」とカウンターから飛び出したというからメチャクチャである。若き頃に中也とも気が合うはずである。

もっとも中也が友人の無鉄砲ぶりを心配したところで、「お前が言うな！」というツッコミで集中砲火を浴びるだろう。それも見越して「勿論これは、多かれ少かれ凡《あら》ゆる詩人について云えることで、私自身についても云えることである」と文を締めている。ちゃんと自覚はしているらしい。

互いによき理解者だったが、それがゆえに気恥ずかしさもあったのだろう。八人の詩人が１９３４（昭和９）年の詩壇を回顧するという「詩人座談会」に中也が心平と一緒に参加したときのことだ。座談会で、中也の詩に古典的な言葉が使われていることが話題になると、心平は「文語を使うから古典的だとか、そういうことは言い得ない」と発言。中也の作風に理解を示した。

だが、それに対して中也は「人をほめて笑うこともありますからね」と、ひねくれた反応をしている。内心はうれしかったに違いない。

共通点が多い二人だったが、交流はわずか数年だった。30歳の若さで中也が先に死んでしまったからだ。一方の心平は85歳まで生きている。心平は置いていかれた悲しさからか１９３７（昭和12）年に「文学界」での追悼文『中原中也』ではこんなことを書いた。

中原中也の逸話や想い出を拾いあつめてもいまははじまらない。自分はなるだけ彼のことも忘れようと思う

そう言いながらも、心平は死後も、中也について繰り返し文をしたためている。あまのじゃくなところもよく似た二人だった。

「安岡章太郎↔遠藤周作――ひねくれものたちの深い信頼」

遠藤のイタズラ電話に秀逸な切り返し

志をともにする年下の友人でもあり、「父」でもある。安岡章太郎《やすおかしょうたろう》にとって、遠藤《えんどう》周作《しゅうさく》はそんな不思議な存在だった。

ともに「第三の新人」と呼ばれる二人は、終戦の年に慶應義塾大学文学部仏文科で出会う。

年下のクラスに入ってきた遠藤のことを、安岡はすぐに認識することになる。遠藤はケバケバしいオーバーをまとい、小脇に教科書を抱えながら、あちこちの教室に現れたという。

遠藤もまた安岡のことを覚えていた。仏文科にもかかわらず、安岡は周囲に大声でこんなことを言っていたのである。

「君い、文学をやるためには、まず江戸趣味を養わねばいかんな。うん、そうだよ」（遠藤周作『ぐうたら交友録』）

やがて遠藤はフランスに留学を果たす。遠藤が留学している間に安岡は芥川賞を受賞。文壇が注目する有力な新人作家となった。

せいぜい雑談を交わす程度の仲のまま、互いの道を歩み始めた遠藤と安岡だったが、運命は二人を再び引き寄せる。

1953（昭和28）年、3年間の留学を終えた遠藤が帰国。『フランスの大学生』というエッセイ本を書いて出版パーティを開催すると、安岡も人に誘われてそれに参加することになった。安岡は出席して初めてパーティの主賓があの遠藤であることに気づいたという。遠藤もまた安岡の芥川賞受賞を知らずにいた。

こんなやりとりがあったと安岡は回想している（安岡章太郎『僕の昭和史』）。

「おお、遠藤じゃないか」

「何だ、安岡、達者か」

妙にウマが合ったらしい。時にはケンカもしながら、再会後の二人は急速に仲を深めていく。遠藤が安岡に、くだらないイタズラをすることもあった（以下、安岡章太郎『遠藤周作』など）。

ある日、東京都衛生局と称する男から、安岡のもとに電話がかかってきた。しかし、声を聞けば、明らかに遠藤の声である。

出版記念会に集まった文士たち。後列左から二番目が安岡章太郎、前列左端が遠藤周作

「おたくの便所は一ケツですか、二ケツですか」

そう聞いてくるので、安岡はとっさにこう切り返した。

「うちのは無ケツで、親子三人ドラム缶で用を足し、玉川へ流しに行ってます」

すると遠藤は「ゲエッ」と声をあげて「そりゃ、フ、フケツですなア」とそのまま電話を切ってしまったのだという。

このエピソードがよほどお気に入りなのか、安岡はたびたびエッセイで振り返っている。それほど気の置けない仲だったのだろう。

悪ふざけをしながらも、二人は研鑽《けんさん》を重ねていく。遠藤は『海と毒薬』『沈黙』、安岡章太郎は『海辺の光景』『幕が下りてから』『流離譚《りゅうりたん》』などの代表作で、互いに文壇での地位を確固たるものとした。

口達者な遠藤が口ごもったワケ

二人の仲は、年を重ねても変わらずにいた。

安岡が68歳である文学賞を受賞したときのことだ。祝辞を引き受けてくれた遠藤が、聴衆の前で失敗してしまう（以下、安岡章太郎『聖母の騎士』より）。

「縁《えにし》が……縁が……」

文学の話も出ないうちに、遠藤はただそう繰り返しては口ごもり、要領を得ないまま祝辞が終わってしまったのだ。これには二人だけにしかわからない理由があった。

実は安岡は遠藤の影響で、授賞式の少し前にカトリックに入信。「代父」を遠藤が務めている。つまり、安岡にとって遠藤は、かけがえのない友であると同時に、「信仰上の父」になることとなった。

そのため、遠藤は、晴れの舞台での祝辞で、そのことをみなに話そうとして「縁が……」と口走ったのだろう。だが、安岡から遠藤はこんな頼みごとを受けていた。

「この入信のことはしばらく世間に伏せていてくれないか」

周囲から興味本位でいろいろと聞かれるのが煩わしかったのかもしれない。遠藤は安岡の意を汲んで「神の御心で、お前はしばらく隠れていろ、と言われるのなら、いますぐ世間に公表することはないよ」と応じている。

そのため、遠藤は晴れの舞台での祝辞で、そのことをみなに話したくも明かせずに、ただ言葉を濁すほかなかったのだろう。

安岡はそんな遠藤の様子を見て、感謝の心でいっぱいになった。

「最後まで何も言わずにいてくれたのだ。古い友達は本当にありがたい」

周作の「沈黙」に感謝した安岡。洗礼を受けて数年後、胆石から敗血症を起こして入院したときには、遠藤から毎日のように電話がかかってきて励まされたという。

だが、そのとき遠藤もまた腎臓の症状が悪化していた。安岡が遠藤への手紙で書いたのが、この言葉である。

「ただ、神に繰り返して祈るだけだ。どうか、元気を出して、生きて貰いたい」

ただ今日も生きていてくれている。古い友人とは、それだけでありがたい存在なのだろう。

三、愛憎の章

「檀一雄↓太宰治
――無二の親友だが遠い存在でもある」

ほぼ初対面で「天才ですよ」と絶賛

こいつにはどうにも敵わない――。そう自然と白旗を上げてしまうような、相手がいる。檀一雄《だんかずお》にとって、太宰治《だざいおさむ》はそんな存在だった。

檀一雄が、その才能にほれ込んだ太宰治と出会ったのは1933（昭和8）年、ともに大学生のときのことだ。太宰のほうが3歳年上である。

太宰は本来、この年で大学を卒業するはずが、留年が決定。実家に仕送りの延長をお願いして、叱責を受けた。また初めて「太宰治」の筆名を使った年でもある。東奥《とうおう》日報付録「サンデー東奥」で『列車』という作品を発表した。

そんな太宰にとってターニングポイントとなった年に、二人は邂逅《かいこう》する。太宰も参加していた同人雑誌「海豹《かいひょう》」の発行人である古《ふる》谷《や》綱武《つなたけ》が引き合わせてくれた。檀自身が過去を振り返った記述によると、次のような経緯だったという（以下、檀一雄『小説 太宰治』より）。

1935年9月、湯河原旅行に行ったときの檀一雄（左端）と太宰治（左から二番目）

「ダ、ザ、イです」

「檀です」

古谷に紹介されて、そんな挨拶を交わした二人。檀は帰宅してから、太宰の書いた『魚服記』と『思ひ出』を読み、肉感がのめり込んだような文体にほれ込む。すぐに「太宰に会いたいんだけど」と古谷に相談している。

後日、二人は再会を果たし、太宰の家で酒を酌み交わす。檀は太宰にこう言った。

「天才ですよ。たくさん書いて欲しいな」

「天才」と評されることをなにより望んだ太宰にとって、どれだけうれしかったことだろうか。一気に縮まる二人の距離。太宰は身もだえるようにしながら、しんと黙って、ただ一言「書く」と答えた。檀もまた「照れくさくて、ヤケクソのように飲んだ」と振り返っている。それからというもの、二人は頻繁にお互いの家を行き来するようになった。

翌年、太宰は檀や中原中也、山岸外史らと同人雑誌「青い花」を創刊。雑誌自体は1号で終わるが、「青い花」メンバーとの交流は続く。なかでも大親友と呼べる仲となったのが、太宰と檀だった。

檀は当時を「太宰と俺と二人よるといろんな人とケンカしたよ」と振り返りながら、ほかの物書きへの太宰の態度についてこう語っている。

なにしろ威張ってたな。他人の作品をみると、成っていやしない、こんなのじゃダメだという。ぼくも、そうだそうだと合槌をうつ（『太宰治の魅力』）

太宰と一緒にいれば、楽しくて仕方がない。語り口からも、太宰愛があふれ出してしまう檀だった。

「僕は太宰に関する限り絶対に支持します」

実際のところ、太宰の強烈なキャラクターと渡り合える人物は限られていたことだろう。なにしろ太宰は自分のために開かれた祝賀会のスピーチで、こんなことを言うのだ。

「来なければならないもので、来ていないものがいる」（山崎剛平『若き日の作家』）

『晩年』という作品を出版したときのことだが、来た人へのお礼よりも、来ていない人への恨みつらみがまず口に出るのがすごい。参加者も呆気にとられたことだろう。

それでも檀は一切ブレずに、テーブルスピーチではただ一言、こう断じるのみだった。

「ぼくは太宰に関する限り絶対に支持します」（山崎剛平『若き日の作家』）

極端なほど太宰に一途な檀。ある日、友人の水田三郎から、こんな話を耳にしたこともある。

太宰のもとを訪ねるとき、檀は水田をたびたび連れていっていた。そのため、太宰と水田はしゃべり合っていたと思いきや、太宰から直接、話しかけられたことはなかったと、水田が言い出したのだ。後年、太宰治についてインタビューを受けたときに、檀はこのエピソードを紹介して、こう語っている。

「水田は自分の友人じゃない、と思っていたからなのかな。私と太宰治で例えば、中井正文をおどかして殴ったり、文学青年をどなったりして、いつも、そこに水田がいたんです。それなのに、水田とは一口もしゃべっていない。いつも、ぼくを通して、喋っていたんだな」(『太宰治の魅力』)

中井正文とは学友の作家仲間のことだ。太宰と一緒になってイジっていたらしい。それにしても、水田が実は太宰と直接は話していないと聞いて、檀がやたらとうれしそうなのは気のせいだろうか。

檀はこの逸話を披露すると、「太宰というのは人見知りするのかなあ」と述べている。「オレ以外にはね……」と言外に匂わせているのが、なんとも可愛らしい。

檀が編集者を怒鳴りつけたワケ

そんな檀にしても同じ作家として、太宰への対抗意識がなかったわけではない。

太宰の死後、檀が激怒するシーンを、編集者の野原一夫は目撃している(以下、野原一夫『人間 檀一雄』より)。その夜、野原は檀と、もう一人の編集者(仮にAとする)と新宿のバーで飲んでいた。

太宰作品について語り合っていると、編集者Aが檀にこう言い放った。

「檀一雄なんて、太宰治に、比べれば、下《げ》の作家だ」

たとえそう思っていたとしても、本人を目の前に言うことではない。編集者Aは酒癖が悪く、相当できあがっていたらしい。

その瞬間、檀が顔をこわばらせるのを野原は目撃している。だが、酒呑みに対して寛容な檀は、腹立たしいことがあっても笑ってまぎらわせるのが常だった。このときも何かを言おうとしたものの、檀は言葉を呑み込むようにビールを流し込んでいる。

しかしあろうことか、編集者Aはさらに追い打ちをかけてきた。

「つまりは、天分のちがい、ということさ」

これには、檀も我慢の限界に達した。手にしていたコップを握り締めて、編集者Aをこう怒鳴りつけたという。

「きさま、帰れ！」

檀がここまで激昂する姿を、野原は初めて目にしたという。

太宰の才能は、檀が早くから誰よりも近くで、肌で感じてきたこと。だからこそ、懸命に打ち消してきたライバル心を無神経な言葉で刺激され、どうしようもない感情が湧き上がってきたのだろう。

だが、檀の作品を評価していたのは、ほかならぬ太宰だった。1937（昭和12）年に檀が処女作品集『花筐《はながたみ》』を出すと、太宰はエッセイ『檀君の近業について』でこう書いている。

「檀君の仕事のたくましさも、誠実も、いまに人々、痛快な程に、それと思い当るにちがいない。その、まことの栄光の日までは、君も、死んではいけない」

檀は死の間際に口述筆記で最後の作品を書き上げている。遺作となった、その作品の名は『火宅の人』。昭和の文学史に残るベストセラー大作となった。

あこがれ続けた太宰が予言してくれた通り、檀の仕事ぶりは多くの人に認められたのである。

「太宰治↔中原中也
――中也が気になるけどたじたじの太宰」

青鯖が空に浮んだような顔

決して仲がよいわけではない。むしろ、とっても苦手な相手だ。それでも、どこかあこがれてしまうところがある。太宰治《だざいおさむ》にとって詩人の中原中也《なかはらちゅうや》とは、抗いがたい魅力を持つ人物だったようだ（以下、檀一雄『小説 太宰治』より）。

太宰は友人の檀一雄の家で、中也と初対面を果たす。どうもその印象がよくなかったようだ。会わせようとすると、こんなことを言って嫌がった。

「中原とつきあうのは、井伏さんに止められているんでね」

太宰は作家の井伏鱒二《いぶせますじ》を師と仰いでいた。その井伏から止められていると言うが、本当だろうか。確かに、井伏は何かと破滅的な太宰を心配して、生活全般に注意を払っていたことは事実だ。だが、太宰が井伏の言うことを聞いた試しがない。中也に会いたくないばかりに、井伏のことを口実にしているだけのようだ。

ある寒い冬の日、太宰は中也と檀、それに詩人の草野心平と、おでん屋の「おかめ」へと向かった。

檀、中也、心平、そして太宰の四人の飲み会は、最初こそ平和だったらしい。太宰と中也も仲睦まじく話していたという。ところが、酒が進むにつれて、中也の様子がおかしくなってくる。中也は酒が入ると、しつこくからむ癖があった。

太宰も面倒な展開を避けたかったのだろう。中也に話題を振られると「はい」とか「そうは思わない」と当初は無難な返事をしていた。だが、酔いが進むと、太宰は甘ったるい返答をするようになる。「あい」「そうかしら?」などと返事をして気を許していると、そんな太宰に中也が噛みついた。

「青鯖が空に浮んだような顔をしやがって」

そう言われても、どういう顔かよくわからないが、中也は太宰に唐突な質問を投げかけている。

「全体、おめえは何の花が好きだい?」

すると、太宰は甘ったるく、しかも泣き出しそうな声で、途切れ途切れにこう答えた。

「モ、モ、ノ、ハ、ナ」

それに対して中也が「チェッ、だからおめえは」と言い放つと、場は一転して乱闘騒ぎに。何が着火剤になったかはわからないが、気づけば太宰に加勢した檀が、心平とつかみ合いになり、その場に倒れ込んだ。

太宰治（左）と中原中也（右）

店のガラス戸が木っ端みじんに割れたというから、相当迷惑な客である。いつの間にか太宰はいなくなり、檀だけが丸太を構えて、心平と中也の反撃にそなえたが、やがて二人もどこかに消え去った。

再会時にもしつこくからまれる

これだけ大騒動になれば、絶交してもおかしくはないが、太宰はその後も中也と会っている。そして同じ「おかめ」で、やっぱりしつこくからまれてしまう。そのとき心平はいなかったが、檀が同席。中也のからみに耐えられずに、太宰が逃げ帰ると、中也は檀にこう息巻いた。

「どうしても太宰に会う」

檀が止めるのも聞かずに、中也は尊敬する宮沢賢治の詩を口ずさみながら、太宰宅を来襲。太宰の枕元で騒いだというからメチャクチャである（80～81ページ参照）。

檀は中也の行動が度を越しているので、外の雪道へと引きずり出して、投げ飛ばした。中也は恨めしそうにこう言ったという。

「わかったよ。おめえは強え」

太宰からすれば、中也とは散々な思い出しかない。中也が30歳の若さで病死すると、太宰が一番弟子である堤重久《つつみしげひさ》に「おれは引摺《ひきず》り廻された感じなんだが……」と振り返るのも至極、当然の実感だろう。だが、太宰のほうから中也のアパートを訪ねたこともあり、厄介な相手ではあるが、尊敬する相手ではあったらしい。

太宰は中也について、堤にこうも言っている（以下、堤重久『太宰治との七年間』より）。

「しかし、かくものはよかったなあ。よくクシャクシャにかき散らした紙切を持っているんで、とりあげてよんで見ると、それが、うーんと唸るほどいいもんなんだねえ」

さらに、太宰はしみじみとこうつぶやいている。

「やっぱり、天才というもんかねえ」

実は、この中也を評した「天才」という言葉について、太宰には特別な思い入れがあった。

太宰の処女作品集である『晩年』の推薦文を、友人で文芸評論家でもある山岸外史《やまぎしがいし》に書いてもらったときのことだ。太宰はあらかじめ、山岸にハガキでこんな依頼をしていた。

「『天才』くらいの言葉、よどみなく自然に使用下さい」

ものすごく「天才」と言ってほしそうである。太宰は芥川賞の選考委員に対しても、執拗にアプローチして受賞できなかったが、こうしたアピールが逆効果になっている気がしてならない（15〜16ページ参照）。結局、山岸は「天才」ではなく「鬼才」という言葉を使って推薦文を書いている。

そのことを太宰はずっと根にもっており、山岸に愚痴をこぼした。

「あのとき、君が天才という言葉を使ってくれたら、どんなにぼくは救われたかわからなかったんだがね」

太宰は、自分が最も言われたかった言葉を、中也に送ったことになる。よどみなく、ごく自然に。人間的には好きになれなかったが、中也の才能にほれ込んでいた太宰だった。

「大岡昇平↔中原中也

──言葉をぶつけ合って特別な関係へ」

初対面から三日三晩をともにする

自分を別世界へと連れていってくれる。そんな友人に心が惹かれることは誰にでもあるだろう。大岡昇平《おおおかしょうへい》にとって、中原中也《なかはらちゅうや》はそんな存在だった。

大岡と言えば『野火《のび》』『レイテ戦記』などの戦争文学のほか、歴史小説や推理小説まで幅広いジャンルで筆を振るったことで知られている。そんな大岡にとって重きをなしたのが、中也に関する執筆だ。

大岡と中也が出会ったのは、1928（昭和3）年の春のことである。

当時21歳だった中也が、のちに詩集『山羊の歌』に収録される詩を次々と作っていた時期である。一方、中也より2歳下で19歳だった大岡は、成城高等学校の3年生になろうとしていた。

大岡は、フランス語の個人指導を受けていた東大生の小林秀雄を通じて、中也のことを知る。中也もまたフランス語を学んでいた。二人は小林の家で出会いを果たしている。

大岡昇平（左）と中原中也（右）

初対面で中也に抱いた印象こそ平凡なものだったが、大岡はすぐに認識を改めた。詩作の経験豊かな中也の話に大岡は聞きほれて「いかに非凡な人物であるかを十分に思い知らねばならなかった」と振り返っている（以下、大岡昇平『昭和三年の中原中也』より）。

二人は出会ったその日から、急速に親交を深めていく。小林の家を出ると、大岡は中也の下宿先に泊まり、その翌日には大岡の部屋に中也が泊まった。初対面から実に3日も連続で時間をともにしたことになる。

大岡は中也との関係について「純然たる師弟

関係」とも「文学上の友達」とも言っている。どちらの側面もあったのだろう。大岡はのちに「大部分東京で生れ東京で育った人で、親しく交際《まじわ》った田舎の人は結局中原一人である」とも言っている。

中也との交際の副作用

大岡は、中也への思いについてこんなふうにも語った。

「私は中原を愛していたし、彼は私の知る範囲で最も人間らしい人間だった」

しかし、中也との交際には副作用が伴う。気性が激しい中也は、相手に関心があるがゆえに、導くかのように激しい言葉をぶつけるところがあった。

大岡は中也から「おめえなんて奴は一文も値打がねえ」という言葉さえ投げかけられている。親友だからこその応酬とはいえ、ここまで言われるとつらくなってしまう。中也が荒れた日について、大岡はこう綴っている。

「彼が帰るとホッとする日が多くなった。一度こういうふうになると、中原は手が付けられなくなる」

どうも中也は大岡が批評家の域を出なかったのが、気に食わなかったらしい。もっとも大岡も黙っていたわけではない。中也から責められるとこう反論した。

「立派な人間になろうとは思っているけれど、身分不相応なことはしたくない。私はなる様になるのだ。理想を描いて型にはめて作るわけには行かない」

それでも、中也はなおしつこく「そういうお前の考え方が……」とからんでくる。大好きだけど、いつも顔を合わせるには、ちょっとしんどい。大岡にとって、中也はそんな存在へと変化していったようだ。

中也の激しさに距離を置く大岡

そんななか、二人の関係に節目が訪れることになる。1929（昭和4）年4月、大岡は京都帝国大学文学部文学科に入学。京都で一人暮らしをしたことについて「中原と別れたい希望が入っていたかどうか私は覚えていない」と振り返っている。それでも、物理的な距離だけではなく、心情的にも二人の距離が離れたことは間違いなさそうだ。

大岡は中也と河上徹太郎《かわかみてつたろう》らと同人雑誌「白痴群《はくちぐん》」を創刊。その打ち合わせで中也が京都に来たことがあったが、まだ酒を飲みたがる中也を新京極《しんきょうごく》で見捨てて、大岡は一人で下宿に帰った。大学卒業後、大岡は国民新聞社に入社する道を選んでいる。

中也からすれば、急に背を向けられてしまった思いがしたのだろう。中也は『玩具《がんぐ》の賦《ふ》』という詩を作った。1934（昭和9）年に書かれたもので「昇平に」という副題がつけられている。

そこでは「俺にはおもちゃが要るんだ　おもちゃで遊ばなくちゃならないんだ」としながら、大岡にこう呼びかけている。

おれはおもちゃで遊ぶぞ
おまえは月給で遊び給えだ
おもちゃで俺が遊んでいる時
あのおもちゃは俺の月給の何分の一の値段だぞと云うはよいが
それでおれがおもちゃで遊ぶことの値段まで決まったつもりでいるのは
滑稽だぞ

中也からすれば、大岡は創作より生活の安定に走ったように見えたのかもしれない。

中也は「贅沢などとは云いめさるなよ」と釘を刺しながら、こう言った。

おれ程おまえもおもちゃが見えたら
おまえもおもちゃで遊ぶに決っているのだから

大岡が本当に創作の喜びに触れていたら、自分のようになるはずだ、と中也は言っている。相手が自分と同じ方向を向いていないと気が済まない中也らしいが、大岡が自分のもとから去ろうとしているのが、寂しかったのだろう。

もっとも大岡からすれば、縁を切ろうとしたわけではない。いつか自分に中也の言葉を受け入れる余裕ができるか、もしくは自分の道を中也が認めてくれる日が来たときに、またかつてのように、語り合いたい。そんなふうに考えていたとのちに振り返っている。

だが、その日がやってくることはなかった。1937（昭和12）年10月、電話で知らせを受けた大岡は、中也が入院する病院へと急ぐ。だが、到着したときにはすでに中也の意識はなかった。

「俺だよ、大岡だ」

その言葉を聞いた中也は、大岡の目をしっかりと見つめて「ああ、ああ、ああ、ああ」と連続してうなずいたという。結核性脳膜炎によって中也は30歳の若さでこの世を去った。

心に染みる中也の詩句を追い続けた

自分は友人を振り切ってしまった――。

中也の死後、大岡はそんな思いにとらわれたものの、日々に忙殺されているうちに、中也のことを思い出すことも少なくなってしまう。

しかし、1943（昭和18）年、戦争が拡大して大岡も前線に駆り出されることになると、中也の遺した詩句が不思議と心に染みるようになったという。

翌年、大岡は東京に転勤。そのときに持参したのは、中也とスタンダールの詩集だけだった。その後、マニラに赴任している。

終戦後、帰国した大岡は、中也と向き合うことを決意。1946（昭和21）年から中也の評論に挑戦すべく、執筆をスタートさせる。執筆に行き詰まったときには、中也の故郷である山口に赴いて、足跡を辿ることさえした。

中也について書く難しさについて、大岡はこう述べている。

これは中原と私の精神のできかたが違っているためである。中原の天才が私にないため、彼の精神に真直に入って行くことができないのである（大岡昇平『中原中也』）

関係性が変わっても、中也へのリスペクトは何ら変わらない。大岡は実に二十数年にわたって、中也について書き続けることとなった。

「室生犀星→高村光太郎
――カッコいい先輩へのあこがれと嫉妬」

デキるアイツは性格もいい奴でお手上げ

詩人の室生犀星《むろうさいせい》は、6歳年上の高村光太郎《たかむらこうたろう》の存在が気になって仕方がなかった。光太郎は日本を代表する彫刻家、画家でありながら、文学活動も行った。今では『道程《どうてい》』『智恵子抄《ちえこしょう》』などの名作を残した詩人としてよく知られている。

一方の犀星は、文学を志して勤務先の裁判所を辞めて新聞社に転職するが、退職。苦しい生活のなか、帰郷と上京を繰り返していた。

そんな犀星からすれば、光太郎は自分よりも一歩も二歩も先を行く、ライバルだった。雑誌「スバル」を開けば、光太郎の名が目に飛び込んでくる。スバルは「明星《みょうじょう》」廃刊後、森鷗外を中心に石川啄木らが発刊。光太郎は美術評論や詩を発表していた。

犀星も20代前半の頃から「スバル」に詩が掲載されているが、光太郎に比べれば、掲載ページ数など扱いの差は歴然としていた。『我が愛する詩人の伝記』で犀星は、光太郎への思いをこう吐露している。

室生犀星（左）と高村光太郎（右）

私にとってはほとんど生涯の詩の好敵手であったし、かれは何時も一歩ずつ先に歩いていたこと、詩のうえの仕事の刻み方のこまかさ、用心ぶかさに至っては、私のまなぶべきことを、先に心に置いていた点でも、私は高村にかなわないものを感じていた

そんな輝かしい光太郎のもとを、犀星が友人の萩原朔太郎とともに訪れたのは、1914（大正3）年3月下旬から4月上旬のことである。

若き二人は、光太郎から温かく迎えられたようだ。いつしか光太郎のアトリエに入り浸るようになる。朔太郎が『歳末に近き或る冬の日の日記』でこう振り返っている。

僕がまだ無名作家で、室生と二人で東京にごろごろしていた頃、図々しくもよくこのアトリエを訪ねたものだ。その頃先輩の高村氏は、僕等に親切にしてくれたので、一層思い出が深いのである

一方の犀星は、やや奇妙なことを書いている。光太郎の家に初めて訪問しようとして、何度も光太郎の妻、智恵子に追い返されたと『我が愛する詩人の伝記』で記しているのだ。ところが、光太郎が智恵子と結婚したのは、朔太郎が犀星を一緒に初訪問した日よりあとのこと。犀星の記憶違いか、話を面白くするための創作だったようだ。

どうも犀星は『我が愛する詩人の伝記』で光太郎のことを描くときに、事さら自分を卑下しており、事実でないことも多い。「スバル」への掲載についても、実際は犀星の詩も掲載されているにもかかわらず、こんなことを書いている。

私がどれほど詩の原稿をたくわえていても、『スバル』に掲載されるということは絶

対にありえない、だが光太郎はいつでも華やかにしかも何気ないふうで登場していたのだ

どうも光太郎との対比が、犀星の脳内でドラマチックなものに演出されている。それだけ光太郎のことを意識していたということだろう。

どこまでもカッコいい先輩であり続けた

大正5、6年頃には、犀星が自身の発刊する詩の雑誌「感情」に掲載するため、光太郎に詩の執筆を依頼したこともある。

犀星にとって光太郎の詩を読む時間は格別なものだった。次のように語っている。

自分の好きな作家の詩を読むと其《その》作家のとり入れた魂がすっかり自分に乗り移って来る。そんな時ほど私はうっとりとしたよい心持になる時はない。それを読んだ時に色々な生活上の苦しさがあっても、その詩によって幸福になるし、その苦しさに抵抗する勇気が出て来る。よい音楽会の椅子に座っている時のようなうっとりとし

た気になる（室生犀星『詩について感想（上）』）

雑誌「感情」の読者にも、そんな体験をしてもらいたいと思ったのだろう。

思いが込められた犀星の依頼を光太郎は快諾。あるとき、犀星が外出から戻ると、机の上に、光太郎の原稿が置いてあったのだという。


光太郎は自分の原稿はたいがい自分で持参して、名もない雑誌をつくる人の家に徒歩でとどけていた。紺の絣の筒袖姿にハカマをはいて、長身に風を切って、かれ自身の詩を演出する勇ましいすがたであった（室生犀星『我が愛する詩人の伝記』）

とにかくカッコいい男、それが光太郎である。

こんなこともあった。犀星が『中央公論』の編集部から「詩人の作品を集めたい」と相談されたときのことだ。犀星は光太郎を推薦することにした。

ところが、光太郎はこれを断ったというのだ。その一方で、光太郎は友人に頼まれて、薄い宣伝雑誌に詩を寄稿していた。これには犀星も「大雑誌を断ってもこの薄っぺらな雑誌に詩を書いて平然とし、かえってこれを徳としていたくらいである」（室生犀星『我が愛する詩人の伝記』）と唖然とした。やはり敵わない相手だと、しみじみ実感したことだろう。

１９２５（大正14）年に光太郎が母を亡くしたときは、犀星がお悔やみの手紙を出し、光太郎から「心のこもった手紙に大変慰められた」と返事をもらっている。光太郎にとっても、犀星は可愛い後輩だったのではないだろうか。

あこがれの人にいざ近づくとイメージと違い、幻滅してしまうことは珍しくないが、犀星にとって光太郎はいつまでもあこがれの人であり続けた。

「田山花袋↔柳田國男 ――大切だからこそ許せないことも」

友人の代表作を酷評した柳田國男

大切な友達が苦労して大きな仕事を成し遂げたならば、労わって喜びをともにしたいものである。

だが、物書き同士だとそう単純ではない。相手が写実主義を掲げて「日常をありのまま」描くタイプの作家の場合はなおさらである。友人である自分が、相手の創作物に取り込まれてしまうこともあるからだ。

柳田國男《やなぎたくにお》もまた、友人として大切な田山花袋《たやまかたい》の作品を受け入れられずにいた。柳田と言えば、民俗学者として知られているが、若き頃は「恋の詩人」と評された。一生を通じて和歌を愛した文学者でもある。

柳田は、花袋の代表作『蒲団』について、こう酷評している。

私はあんな不愉快な汚らしいものといって、あの時から田山君にけちをつけ出した。重要な所は想像で書いているから、むしろ自然主義ではないことになる

（柳田國男『故郷七十年』）

田山花袋（左）と柳田國男（右）

柳田が花袋作品で最も評価するのは『蒲団』の前に出た『重右衛門《じゅうえもん》の最後』のほうである。わざわざ花袋のもとを訪ねて「これは一番同情ある作品だった」と感想を伝えにいったくらいだ。それだけに『蒲団』への失望は深かったようだ。

4歳近く年下にもかかわらず、上から目線で評論してくる柳田に対して、花袋だって負けて

はいない。柳田の代表作となる『遠野物語』について花袋は「粗野を気取った贅沢。そういった風が至るところにある」と批評している。

もちろん、創作者同士なのだから、互いに作品の批評は手心なく行うべきだろう。ただ、花袋の『蒲団』に関して柳田は、発表されてもしばらく読まずにいたし、一読した後も批評を読むのさえも嫌だったという。

実は、柳田にとって『蒲団』は、作品の良しあしを超えたわだかまりを感じずにはいられない問題作だった。

それを説明するには、そもそもの二人の関係から語らねばならないだろう。

恋する男が親友に抱く罪悪感

少年の頃から和歌に親しんだ柳田は、兄の井上通泰《みちやす》の紹介で、1890(明治23)年頃に歌人の松浦辰男《まつうらたつお》に入門する。それからまもなくして、柳田の兄のもとを訪ねてきたのが、花袋だった。

柳田が玄関で兄に取り次いだところ、花袋はこう申し出たという。

「私も松浦さんのところにはじめて入ったのだが、青年だけの会(紅葉会)があるからそれにも是非入会させて下さい」(「近代文藝の源流をたづねて」)

　これを聞いた柳田も紅葉会に入れてもらうことになり、二人は交流を持つようになる。花袋が20歳頃、柳田が16歳頃のことだ。

　1896(明治29)年には、花袋は柳田に「君に会いたがっているやつがいるから一緒に行かないか」と誘い、親友である国木田独歩《くにきだどっぽ》を紹介。つながった縁によって、のちに花袋、柳田、そして独歩など合わせて五人の詩人たちによる『抒情詩』の刊行にも至っている。柳田も独歩も、それぞれ花袋と日光に1カ月ほど滞在したこともあった。

　そんななか、柳田は1896(明治29)年7月8日に、最愛の母を亡くしてしまう。青春時代の最中に訪れた、突然の不幸である。心労から柳田は銚子の「暁鶏館《ぎょうけいかん》」で静養することとなった。

　つらいときこそ、そばにいるのが友人だ。花袋はそう思ったのかもしれない。すぐに静養先を訪れて、7月26日から8月2日まで、柳田のそばで一緒に過ごした。

　改めて花袋の優しさに触れた柳田。この人にならば伝えてもいい。いや、むしろ伝えたい……とばかりに、打ち明け話をしている(以降の手紙は筆者による現代語訳)。

「この三年にわたる私の歌は、母なきいね子のために詠んだもの」と花袋に手紙で、伊勢いね子という少女と恋に落ちていることを告白。さらに「彼女はまだ16歳なので罪な関係にはなっていない。君が誤解しないことを祈る」とまでわざわざ付け加えている。

このことを花袋に言わなければ、と柳田はずっと思っていたらしい。「以前から君には伝えようとしていたが、機会がなかった」と謝罪しかねない勢いである。

翌年になると、柳田はさらに煩悶することになる。やはり手紙で花袋に苦悩を伝えながら、こんなことを言った。

「ただ一つ、君に謝罪しなければならないことは、私が恋する人を思うとき、君のことを忘れることだ」

言葉の端々から、柳田の真っ直ぐな思いがありありと伝わってくる。

不愉快でも友情はどこまでも続く

しかし、柳田は次第に花袋が書く作品に反発を抱くようになる。というのも、花袋は親友への愛情を込めて、小説に柳田をモデルにした人物をたびたび登場させるようになる。柳田としては、それをよくは思っていなかった。

その不満がピークに達したのが、花袋の『蒲団』である。『蒲団』は、中年作家の男が妻のある身でありながら、若い女性の弟子と恋に落ちていく物語だ。男が弟子の使っていた蒲団に顔をうずめるという衝撃的なシーンもさることながら、作者の実体験に基づいていることでも話題となった。作家の男は花袋自身であり、妻も弟子も実在の人物である。

そして、この作品に登場する妻と花袋の結婚に尽力したのが、ほかならぬ柳田であった。

国木田独歩の妻だった治子によると、花袋は詩人の太田玉茗《おおたぎょくめい》の妹、リサが習っていた琴を聴きにいくうちに、心を奪われてしまう。

初めは国木田に仲をとりもってもらおうとするが、相手側に「文士に娘はやれない」と言われて撃沈。諦められない花袋が頼ったのが、柳田だった。すると、相手方は柳田のことを信頼し、花袋は結婚にこぎつけることができたのだという。

そんな背景があるだけに、柳田は『蒲団』を純粋な読者として楽しめなかったようだ。正宗白鳥《まさむねはくちょう》との対談で『蒲団』について聞かれると、「僕は特に細君の媒酌人だもの」と述べている。その不快感は、花袋が恋したという弟子にまで及んだ。

「あの女知ってるもんですからね。暫《しば》く読まなかった」（『三代文学談』）

とんでもないものを書いてくれたなと、柳田からすれば到底、納得できなかったのだろう。もしかしたら、大切にしてきた友達、花袋の心がぽっと出の弟子に奪われたことへの不快感もあったのかもしれない。

それでも二人の関係は失われることなく、実に出会ってから40年以上、友情関係は続いた。花袋が亡くなったのちに、柳田が述べた言葉に二人の関係性が、よく表れている。

私は非常にふるい友達でいながら、何とも評価しようとしなかったばかりでなく、世間で田山の小説をほめたりすると、むしろ首をかしげたりしていたが、関係は大変深いのである（柳田國男『故郷七十年』）

無理に理解しようとしない――。それもまた、友情を長続きさせるコツなのかもしれない。

「三島由紀夫→太宰治
――太宰嫌いを繰り返し語った理由」

太宰嫌いを公言

「愛の反対は憎しみではない。無関心だ」と言ったのはマザー・テレサだが、嫌いだと感じる相手ほど、実は内心、気になる存在だったりする。

三島由紀夫《みしまゆきお》が大学生だったときのことだ。三島は、流行作家として活躍する太宰治《だざいおさむ》のもとへ乗り込んでいく。三島が「太宰嫌い」を公言していたため、友人たちが面白がって、あえて会わせようとしたのである（以下、三島由紀夫『私の遍歴時代』より）。

三島は普段は和服など着ないのに、わざわざ絣の着物をまとって太宰のもとを訪れた。そして初対面の太宰に対して、こう言ってのけたのである。

「僕は太宰さんの文学はきらいなんです」

これに対して太宰からは「そんなことを言ったって、こうして来てるんだから、やっぱり好きなんだよな。なあやっぱり好きなんだ」と切り返されたと三島はのちに振り返る。居合わせた編集者の野原一夫の記憶だとやや異なり、太宰は「いやだったらこなきゃいいじゃないか」と吐き捨てたという。

いずれにしても、太宰の言いたいことは一つで「本当に嫌いならば、ここに来ないだろう」ということ。確かに太宰と三島は、自分のコンプレックスや弱さと向き合った点で、共通しており、むしろ似た者同士と言えそうだ。

だが、その「弱さ」に対するアプローチがまるで違っている。太宰は自殺未遂を繰り返し、三島はボディビルで身体を鍛え上げた。

なよなよした太宰が気に食わない三島は「太宰の持っていた性格的欠陥は、少なくともその半分が、冷水摩擦や器械体操や規則的な生活で治される筈だった」と決めつけて、どうしても嫌悪感が抑えられないことを語っている。

「私が太宰治の文学に対して抱いている嫌悪は、一種猛烈なものだ。第一私はこの人の顔がきらいだ。第二にこの人の田舎者のハイカラ趣味がきらいだ。第三にこの人が、自分に適しない役を演じたのがきらいだ。女と心中したりする小説家は、もうすこし厳粛な風貌をしていなければならない」（三島由紀夫『小説家の休暇』）

太宰に対する三島の本音

三島由紀夫（左）と太宰治（右）

ただ、その一方で、二人の高校生から受けたインタビューでは、三島は自分が太宰と似ていることを認めたうえで、だからこそ嫌いだと本音を語っている。これを聞くと、三島が太宰に抱えていた思いは、単純なものではないことがわかるので引用したい。

――先生はかなり太宰治に対して批判的な立場をとられていますけど、それはどういうことなんでしょうか。太宰治の非常に女々しい面が……。

三島　そういうところが嫌いなんですね。太宰に似たところもあると思うんですよ。あなた方もね、友達でも似てる奴というのはなんかこうしゃくにさわるでしょ？わりに仲がよい友達というのは、自分とは違う性格の人間でね。似た奴っていうのは、とっても嫌うんです。僕もそういうものが太宰に対してはもとにあるんだと思う。

太宰を見て、いつも危険に感じるのは、もし自分がね、太宰を好きで太宰に溺れればね、あんなふうになりゃしないかっていう恐怖感もあるわね。だから、自分は違うんだっていう立場を堅持しなければ危ないと思ったね、太宰の作品を読んだときには。

ずいぶんと太宰のマネをして自殺した人がいるでしょ、当時も。田中英光がその一番の例ですけど。

――小説というのは、そこに書いてあるのは「生きること」だと思うんですけど、それで結論的に死に追いやる作品をなぜ他人に書かなければならないのかっていうのも非常に気になるんですけど……。

三島　それはね、作品の問題よりも作家の問題でね。例えば、ゲーテがウェルテルを書いたときには、やっぱり自殺しそうな状況にあったわけだ。ウェルテルが自殺することによって、ゲーテが生き返ったでしょ。我々はゲーテっていうものをみる場合にはね、いつも太陽に面を向けて、段々大きく樹木が成長しているように伸びていたと思う。けど、ゲーテのなかには、そういう危機が何度もあった。文学でその危機を解決しながら生きていった。僕は文学はそういうものだと思うけどね。

文学が死に誘うことはちっとも構わない。文学はお薬じゃなし、栄養剤じゃありませんから。でも、そっから作者が蘇らなかったら、なんのために文学があるのかっていうふうなことを考えるね。太宰は作品だけの問題だけではなくて、作家と作品の関係の仕方が、僕には好きではない……ですね。

才能は非常にある人ですよ。近代日本文学のなかで、あれだけ才能のある作家はそんなにいません。

（NHKラジオ番組「国語研究　作家訪問　三島由紀夫」昭和39年5月29日）

三島自身の言葉でも、太宰についてはこんなふうに語っている。

「私は氏の稀有の才能は認めるが、最初からこれほど私に生理的反発を感じさせた作家もめずらしいのは、あるいは愛憎の法則によって、氏は私のもっとも隠したがっていた部分を故意に露出する型の作家であったためかもしれない。従って、多くの文学青年が氏の文学の中に、自分の肖像画を発見して喜ぶ同じ時点で、私はあわてて顔をそむけたのかもしれないのである」(三島由紀夫『私の遍歴時代』)

嫌いなのに、どうしても気になる――。三島の太宰への思いは複雑だが、誰にでも心当たりのある感情ではないだろうか。二人が胸襟を開いてサシ飲みでもすれば、案外に「無二の親友」にもなりえたのかもしれない。

「太宰治→井伏鱒二 ——時には慕い、時には反発」

「会ってくれなければ自殺してやる」

弟子にここまで脅される師匠も珍しいかもしれない。井伏鱒二《いぶせますじ》と太宰治《だざいおさむ》のことである。二人の師弟関係はかなり変わっており、弟子の太宰が師匠の井伏を終始、振り回し続けた。

太宰が井伏に最初に接触したのは、同人誌での原稿のやりとりである。太宰は弘前高等学校の2年に進級したばかりの頃に、同人誌「細胞文芸」を創刊。記念すべき創刊号には、初の長編小説『無間奈落《むげんならく》』を自ら発表するが、実家にひどく怒られてしまう。小説の内容が、大地主で裕福な生家を告発する内容だったからである。連載は2回で中止となった。

気を取り直して、第3号からは多彩な執筆陣で再スタートを切った。このとき、太宰は中央で活躍する作家に原稿を依頼。短編原稿を寄稿した作家の一人が、井伏だった。雑誌は結局、第4号で廃刊となったが、太宰と井伏にとっては、むしろ二人の関係が始まるスタートとなった。

太宰は高校を卒業すると、東京帝大文学部仏文科に入学。『山椒魚』などで井伏を尊敬していた太宰は、弟子入りするべく手紙を出している。

一方の井伏はと言えば、忙しくてなかなか返事を出せないでいた。すると、太宰から手紙が二度も三度も送られてきて、しまいには、こんな趣旨の文面が綴られるようになった。

「会ってくれなければ自殺する」（井伏鱒二『太宰治』）

井伏が慌てて会う約束をして、神田須田町の作品社で二人は対面を果たす。1930（昭和5）年の春、太宰が大学に入学して1カ月くらいの頃で、井伏は32歳、太宰は20歳だった。

初対面の太宰からいきなり書いた小説を渡されると、井伏はその場で読みはしたが、感想は述べなかった。井伏からすれば、太宰の作品は当時流行したナンセンス文学の作風で、あまりよい印象を持たなかったが、下手なことを言って刺激するのを恐れたのだろう。

井伏は太宰に「ともかくわれわれは古典を読もうじゃないか」と、その場をごまかしている。すでになんだか変な関係だが、これを機に太宰は井伏の門下生となった。文壇をも呆れさせる「すぐ死にたがるお騒がせ弟子」の爆誕である。

太宰治（左）と井伏鱒二（右）

「僕の一生のお願いだから」

井伏に弟子入りした頃、太宰の前に立ちふさがったのは、卒業の問題だ。

太宰は大学卒業を引き延ばすというテクニックで、実家からの仕送りを受け続けたが、いよいよタイムリミットがもうけられた。しかし、一単位すら取得していない太宰。なんとか収入のあてを得ようと新聞社を受けるも失敗。絶望した太宰は、鎌倉山で自殺をはかる。

自殺は失敗に終わったが、実家は激怒。長兄が太宰を連れて帰ろうとすると、友人の檀一雄とともに、師匠の井伏も家族に懇願。仕送りは1年延長されることになり、太宰は首の皮一枚つながった格好となった。

しかし、事件の直後に、太宰は急性盲腸炎で入院すると、そこで打ってもらった鎮静剤パビナールの中毒になる。パビナールが切れると、太宰は薬屋の主人に泣きながら土下座までした。このときに太宰が1日に摂取していたパビナールの量は、通常の人ならば致死量に達するほどだったという。妻の初代から相談された井伏は、太宰を必死に説得した。

「僕の一生のお願いだから、どうか入院してくれ。命がなくなると、小説が書けなくなるぞ。怖ろしいことだぞ」（井伏鱒二『太宰治』）

井伏らの勧めによって、太宰は板橋の武蔵野病院で1カ月の強制入院となる。なんだか井伏は、太宰に残酷なことをしたような気持ちになり、帰りに酒を飲んで憂さを晴らしたという。その後も騒動はエンドレスに続くが、そのたびに井伏は太宰の面倒を見ている。

井伏は甲府に滞在することが多かったため、太宰を呼び寄せて、茶屋の2階で小説を書かせたこともある。『富嶽百景』や『I can speak』『新樹の言葉』など甲府を舞台にした太宰の作品は、井伏なくしては生まれなかっただろう。

その頃、太宰が最初の妻の初代と離別していたため、井伏は甲府でお見合いをセッティング。井伏が媒酌人となり、太宰は石原美知子と再婚を果たした。荻窪にある井伏の自宅で、ささやかな結婚式も挙げている。

これを機に人生をやり直すことを決意したのだろう。太宰は井伏に対して「らしくない」手紙を出している。末尾に付された誓約書にこうある。

「結婚は、家庭は、努力であると思います。厳粛な、努力であると信じます。浮いた気持は、ございません。貧しくとも、一生大事に努めます」

もし、またもや離縁した場合は「私を、完全の狂人として、棄てて下さい」とまで言っている。何かとキョクタンな太宰だった。

「確かに放屁なさいました」

師匠の前で弟子はどうしても緊張してしまうものだ。だが、太宰にはそんなそぶりはなく、それどころか、作品のなかで師匠をいじっている。

太宰は、井伏と一緒に三ツ峠《みつとおげ》に上ったときのことを『富嶽百景』でこう書いている。

「井伏氏は、濃い霧の底、岩に腰をおろし、ゆっくり煙草を吸いながら、放屁なされた。いかにも、つまらなそうであった」

これだけでも十分失礼だが、井伏からすれば事実無根であった。

読者から井伏のもとに「あなたが実際に放屁したとは思えない」と手紙が届くと、井伏は「どうだね、よその人でも、僕が放屁しなかったことを知っているじゃないか」と勝ち誇っている。だが、太宰は「たしかに、なさいましたね。いや、一つだけでなくて、二つなさいました」と言って、腹を抱えて笑ったのだという（井伏鱒二『太宰治』）。

そんな失礼な弟子にも寛容だった井伏も、太宰を怒ったことがある。太宰が『虚構の春』で、井伏からの手紙を実名で勝手に掲載したのである。

「どういうことになっているのか伺います」という井伏に、太宰は手紙で「どのような御叱正《ごしっせい》をも、かえってありがたく」と述べながらも、こんな言い訳をしている。

「私は、今からだを損じて寝ています。けれども、死にたくございませぬ。未だちっとも仕事らしいもの残さず、四十歳ごろ辛じて、どうにか恥かしからぬもの書き得る気持ちで、切実、四十まで生きたく存じます」

よくぞ井伏は見捨てなかったものだと、周囲から見れば不思議に思うかもしれない。

しかも、あれだけ世話になりながらも、太宰が玉川上水で心中自殺した際には「井伏さんは悪人です」と、遺書には書かれていたと言われている。その理由については諸説あるが、真意はいまだにわかっていない。太宰は腹の内を人に見せずに、道化を演じるところがあった。師に対しても、心の底では何か思うところがあったのかもしれない。
井伏なりにはこんなふうに解釈したらしく、当時の新聞に談話が掲載されている。
「太宰君は最も愛するものを最も憎いものだと逆説的に表現する性格だからそういうつもりでいったのだろう」(「時事新報」昭和23年6月17日付)
井伏は、そんな繊細な太宰に振り回されながらも、見限ることは最後までなかった。なぜか。太宰が亡くなったときに、井伏が言った言葉に、その理由のすべてが凝縮されている。
「あんな天才はもう出ない」(井伏鱒二『太宰治』)
死後に太宰の話題が出ると、井伏が突然、泣き出して周囲を驚かせたこともあった。
また、太宰は太宰で、井伏が著した『青ヶ島大概記《あおがしまたいがいき》』の清書を行ったときを振り返って、生前にこんなふうに書いている。
「私はそれを一字一字清書しながら、天才を実感して戦慄した。私のこれまでの生涯に於て、日本の作家に天才を実感させられたのは、あとにも先にも、たったこの一度だけであった」(太宰治『「井伏鱒二選集」後記』)
傍《はた》からは歪《いびつ》にも見える師弟関係だが、人にはうかがいしれない結びつきがそこにはあった。

おわりに

私は調布在住だが、ジョギングコースには三鷹が含まれている。目につくのは、太宰治にまつわるスポットだ。

太宰は1939（昭和14）年9月から、亡くなる1948（昭和23）年6月までを三鷹で暮らし、『走れメロス』『斜陽』や『人間失格』などの名作を生み出している。

太宰にとって、三鷹はまさに創作の地だ。仕事部屋（中鉢家跡）や小料理屋千草の2階（千草跡）、そして山崎富栄の下宿先の2階（野川家跡）などで仕事をしながら、今は「太宰横丁」と呼ばれる場所に連なる飲食店に通ったという。編集者との打ち合せに利用していた「うなぎ若松」や、作品『斜陽』を書き継ぐために借りた「田辺肉店のアパート」には、案内板が設置されている。今年も桜桃忌《おうとうき》になれば、禅林寺に数多くのファンがつめかけてくるのだろう。

最期に入水した玉川上水のほとりを走りながら、太宰に思いを馳せる。本書を書き始めてから、自然とそんな習慣がついた。なんだか原稿がうまく書けそうな気がしてくるから不思議だ。太宰一家が利用した「伊勢元酒店」跡地に作られた「太宰治文学サロン」に立ち寄れば、多くの資料を通じて太宰と会うこともできる。

《おわりに》

ちょうど本書の企画が決まった頃に、編集担当の名畑さんと足を運んでみたところ、太宰の芥川への愛あふれる展示品の数々に、圧倒された。

太宰がいかに芥川を意識していたかは本書で書いた通りで、「どんな文豪にあこがれたかに、その作家の創作の原点がある」という思いを強くした。

その後、三鷹の酒場で編集者と飲み交わしつつ、太宰と芥川、そしてほかの文豪たちの友情や確執について、大いに語った。その時点で本書の構成はほぼ固まったと言ってよいだろう。もっともそのときは、作家たちの交友関係を解き明かすのに、いかに膨大な資料を読み解かねばならないか、ということまでは、考えていなかったのだが……。

編集担当の名畑諒平さんとも、随分と長い付き合いになるが、今回は文献のリサーチにおいても、多大なサポートをしてもらった。原稿への的確なアドバイスをいつもありがとう。

また、本書を手に取ってくれた、すべての読者の方に心から感謝したい。どんな文豪の物語に心惹かれたか、ぜひ聞かせてほしい。

では、またどこかで。

《出典・主要参考文献》

※項目をまたいで出典が重複する資料は一部省略しています。
※複数の出典を参照した作品もあります。

●太宰治→芥川龍之介

太宰治「川端康成へ」『太宰治全集 11』（筑摩書房）1999年
太宰治から佐藤春夫への手紙：『太宰治全集 12』（筑摩書房）1999年
日本近代文学館編『図説 太宰治』（ちくま学芸文庫）2000年
『太宰治 新潮日本文学アルバム19』（新潮社）1983年
河野龍也著・編集、辻本雄一監修『佐藤春夫読本』（勉誠出版）2015年

●堀辰雄→芥川龍之介

芥川龍之介から堀辰雄への手紙：石割透編『芥川龍之介書簡集』（岩波文庫）2009年
堀辰雄「高原にて」『堀辰雄全集 4』（角川書店）1964年
堀辰雄「芸術のための芸術について」『堀辰雄全集 2』（角川書店）1964年
堀辰雄「芥川龍之介論」『堀辰雄全集 1』（角川書店）1964年
中村真一郎「ある文学的系譜」『新潮』1979年5月号
『堀辰雄 新潮日本文学アルバム17』（新潮社）1987年
福田清人編『人と作品 堀辰雄』（清水書院）2017年
小久保実「芥川龍之介と堀辰雄」『國文學11』（学燈社）1966年
中村真一郎「堀辰雄 一つの感謝」『中村真一郎評論全集』（河出書房新社）1972年

●芥川龍之介→夏目漱石

夏目漱石から芥川龍之介への手紙（以下、夏目漱石の手紙の出典も同じ）：『定本 漱石全集24』（岩波書店）2019年
芥川龍之介「漱石先生の話」『芥川龍之介全集 14』（岩波書店）1996年
森田草平『夏目漱石』（筑摩書房）1967年
芥川龍之介「文芸的な、余りに文芸的な」『侏儒の言葉・文芸的な・あまりに文芸的な』（岩波文庫）2003年
芥川龍之介「或阿呆の一生」『芥川竜之介全集 16』（岩波書店）1997年
江口渙「新思潮派の人々」佐藤春夫、宇野浩二共編『大正文学作家論 近代日本文学研究 下巻』（小学館）1943年
小宮豊隆『夏目漱石』（岩波文庫）1986年
森本修『人間 芥川龍之介』（三弥井選書）1981年

長尾剛『漱石山脈—現代日本の礎を築いた「師弟愛」』(朝日新書) 2018年
●内田百閒↓夏目漱石
座談会「漱石をめぐって」岩波書店編集部編『座談の愉しみ『図書』座談会集(下)』(岩波書店) 2000年
内田百閒「明石の漱石先生」「漱石先生臨終記」「『つはぶきの花』より」「漱石遺毛」内田百閒『私の「漱石」と「龍之介」』(ちくま文庫) 1993年
平山三郎『百鬼園先生雑記帳 附・百閒書簡註解』(中公文庫) 2020年
●泉鏡花↓尾崎紅葉
泉鏡花「紅葉先生の追憶」「紅葉先生の玄関番」『作家の自伝41 泉鏡花』(日本図書センター) 1997年
泉鏡花から父への手紙:『鏡花全集 別巻』(岩波書店) 1976年
尾崎紅葉から泉鏡花への手紙『紅葉全集 15』(岩波書店) 1995年
巌谷大四『人間 泉鏡花』(福武文庫) 1988年
水上滝太郎「はじめて泉鏡花先生に見ゆるの記」『貝殻追放抄』『現代日本文学全集 第29』(筑摩書房) 1956年
『泉鏡花 新潮日本文学アルバム22』(新潮社) 1985年
福田清人、浜野卓也共編『泉鏡花 新装版 (Century Books 人と作品)』(清水書院) 2017年

●幸田露伴↓坪内逍遥
幸田露伴「調和的改革者—坪内逍遥論—」『露伴全集 別巻(上)』(岩波書店) 1980年
幸田露伴から坪内逍遥への手紙:『露伴全集 39』(岩波書店) 1956年
柳田泉『幸田露伴』(中央公論社) 1942年
斎藤礎英『幸田露伴』(講談社) 2009年
福田清人、小林芳仁編著『坪内逍遥』(清水書院) 1969年
神代種亮「逍遥先生の事ども」『太陽』昭和3年1月号
本間久雄「紅葉と露伴」本間久雄、吉田精一著、神西清著『日本の近代文学—作家と作品』(東京堂) 1955年

●永井荷風↓森鷗外
小門勝二『永井荷風の生涯』(冬樹社) 1990年
永井荷風「書かでもの記」「『鷗外全集を読む』」永井荷風『鷗外先生 荷風随筆集』(中公文庫) 2019年
「時談片片」『鷗外全集 3』(鷗外全集刊行会) 1925年

永井荷風著、野口冨士男編『荷風随筆集下 妾宅 他十八編』（岩波文庫）1986年
川本三郎『荷風と東京―『断腸亭日乗』私註』（都市出版）1996年

●谷崎潤一郎→永井荷風

谷崎潤一郎「青春物語」『谷崎潤一郎全集16』（中央公論新社）1982年
永井荷風『摘録 断腸亭日乗（上下）』（岩波文庫）1987年
谷崎潤一郎「『つゆのあとさき』を読む」『谷崎潤一郎全集20』（中央公論社）1982年
佐藤観次郎『文壇えんま帖 一編集長の手記』（学風書院）1952年

●小林多喜二→志賀直哉

『定本小林多喜二全集14』（新日本出版社）1969年
『志賀直哉全集16』（岩波書店）1955年
『小林多喜二 新潮日本文学アルバム28』（新潮社）1985年
土井大助『青春の小林多喜二』（光和堂）1997年
阿川弘之『志賀直哉（上下）』（新潮文庫）1997年

●川端康成→菊池寛

川端康成「文学的自叙伝」『川端康成全集33』（新潮社）1982年
「特別企画　借金の名人・川端康成の金銭感覚」『月刊噂』昭和48年8月号
川端秀子『川端康成とともに』（新潮社）1983年
木村徳三『文芸編集者の戦中戦後』（大空社）1995年

●夢野久作→江戸川乱歩

夢野久作「江戸川乱歩氏に対する私の感想」『夢野久作全集11』（ちくま文庫）1992年
江戸川乱歩「当選作所感」「夢野久作氏とその作品」「『押絵の奇蹟』読後」「夢野君余談」「夢野君を惜む」西原和海編『夢野久作の世界』（沖積舎）1991年

●中原中也→宮沢賢治

青木健『中原中也―永訣の秋』（河出書房新社）2004年
大岡昇平「宮沢賢治と中原中也」『大岡昇平全集14』（中央公論社）1975年

中原中也「宮沢賢治全集」『新編中原中也全集 4〔1〕本文篇』（角川書店）2003年
『校本 宮沢賢治全集 10』（筑摩書房）1974年
大岡昇平『中原中也』（講談社文芸文庫）1989年
檀一雄『小説 太宰治』（岩波現代文庫）2000年

●三好達治→萩原朔太郎

萩原朔太郎から三好達治への手紙：『萩原朔太郎全集 13』（筑摩書房）1977年
萩原朔太郎「四季同人印象記」『萩原朔太郎随筆集』（河出書房）1940年
三好達治『萩原朔太郎』（講談社文芸文庫）2006年
三好達治「師よ 萩原朔太郎」『三好達治詩集』（新潮社）1949年

●石川啄木→与謝野晶子

石川啄木の日記：『石川啄木全集 5』（筑摩書房）1978年
『定本 与謝野晶子全集』（講談社）1979〜1981年
金田一京助『新編 石川啄木』（講談社文芸文庫）2003年
澤地久枝『石川節子―愛の永遠を信じたく候』（文春文庫）1991年
岩城之徳『石川啄木』（学燈文庫）1962年

●寺山修司→石川啄木

寺山修司『誰か故郷を想はざる』（角川文庫）1973年
石川啄木著、金田一京助編『一握の砂・悲しき玩具―石川啄木歌集』（新潮文庫）1952年
寺山修司『寺山修司青春歌集』（角川文庫）1972年
『若い広場』（NHK教育テレビ、1979年5月6日放送）

●夏目漱石↔正岡子規

正岡子規『病牀六尺』（岩波文庫）2022年
夏目漱石「正岡子規」『夏目漱石全集 10』（筑摩書房）1972年
高浜虚子「漱石氏と私」『回想 子規・漱石』（岩波文庫）2002年
正岡子規から夏目漱石への手紙：和田茂樹編『漱石・子規往復書簡集』（岩波文庫）2002年
正岡子規『墨汁一滴』（岩波文庫）1984年

正岡子規『仰臥漫録』（岩波文庫）2022年
夏目漱石「木屑録」『漱石全集 12』（岩波書店）1967年
高島俊男『漱石の夏やすみ—房総紀行「木屑録」』（朔北社）2000年
「漱石研究 第7号 漱石と子規」（翰林書房）1996年
柴田宵曲『評伝 正岡子規』（岩波文庫）1986年

●芥川龍之介↕佐藤春夫
佐藤春夫「芥川龍之介を憶ふ」『定本 佐藤春夫全集 20』（臨川書店）1999年
芥川龍之介から佐藤春夫への手紙（大正6年4月17日付）：実践女子大学HP「実践女子大学所蔵・近代作家資料」
https://www.jissen.ac.jp/learning/bungaku/kokubun/bungo.html/akutagawa/akutagawa_honkoku.html
石割透編『芥川竜之介書簡集』（岩波文庫）2009年
河野龍也、辻本雄一監修『佐藤春夫読本』（勉誠出版）2015年

●芥川龍之介↕菊池寛
菊池寛「芥川の事ども」『文藝春秋』昭和2年9月号（文藝春秋）
菊池寛から芥川龍之介宛ての手紙：『大正の作家たち 芥川龍之介・島崎藤村・竹久夢二』（博文館新社）2005年
『天才・菊池寛 逸話でつづる作家の素顔』（文春学藝ライブラリー）2013年

●萩原朔太郎↕室生犀星
萩原朔太郎から室生犀星への手紙（以下、萩原朔太郎の手紙の出典も同じ）：『萩原朔太郎全書簡集』（人文書院）1974年
室生犀星「萩原に與へたる詩」萩原朔太郎、室生犀星著『二魂一体の友』（中公文庫）2021年
室生犀星『我が愛する詩人の伝記』（講談社文芸文庫）2016年
萩原朔太郎「詩壇に出た頃」「中央亭騒動事件（實録）」『萩原朔太郎全集 9』（筑摩書房）1976年
萩原朔太郎「室生犀星に與ふ」『萩原朔太郎全集 8』（筑摩書房）1976年
室生犀星「浮気な文明」『室生犀星未刊行作品集 3』（三弥井書店）1988年
萩原朔太郎から室生犀星への手紙：『萩原朔太郎全集 13』（筑摩書房）1977年
高瀬真理子「室生犀星『浮気な文明』の周辺 犀星のおせっかいと朔太郎の離婚」『実践女子短期大学紀要』2009年3月第30巻
『萩原朔太郎 新潮日本文学アルバム15』（新潮社）1984年

●萩原朔太郎&室生犀星↕北原白秋

室生犀星「交友録より」『室生犀星全集 7』(新潮社) 1964年
北原白秋「月に吠える 序」『現代詩文庫 萩原朔太郎』(思潮社) 1975年

●**川端康成↕横光利一**
川端康成「解説」『日本の文学37 横光利一』(中央公論社) 1973年
「横光利一・川端康成対談[文学清談]」(初出「新女御」昭和13年5月)『國文學』37(学燈社) 1992年
今東光『東光金蘭帖』(中公文庫) 1978年
横光利一から川端康成への手紙:『定本 横光利一全集 16』(河出書房新社) 1987年

●**梶井基次郎↕三好達治**
三好達治「梶井基次郎君の憶出」「梶井基次郎君のこと」「梶井基次郎」『三好達治全集 6』(筑摩書房) 1965年
梶井基次郎から三好達治への手紙:『梶井基次郎全集 3』(筑摩書房) 2000年
三好達治「『檸檬』――梶井基次郎君に」『三好達治全集 12』(筑摩書房) 1966年

●**太宰治↕坂口安吾**
坂口安吾、太宰治、織田作之助、平野謙「座談会 現代小説を語る」『定本坂口安吾全集 12』(冬樹社) 1971年
坂口安吾、太宰治、織田作之助「歓楽極りて哀情多し」『定本坂口安吾全集 12』(冬樹社) 1971年
坂口安吾「太宰治情死考」『坂口安吾全集 7』(筑摩書房) 1998年
坂口安吾「不良少年とキリスト」『坂口安吾全集 6』(筑摩書房) 1998年
齋藤愼爾編『太宰治・坂口安吾の世界―反逆のエチカ』(柏書房) 1998年

●**太宰治↕林芙美子**
林芙美子「友人相和す思ひ 思ひ出の太宰治」『太宰よ! 45人の追悼文集』(河出文庫) 2018年
林芙美子他「太宰治氏の死について」『文芸時代』1948年8月
太宰治「眉山」『太宰治全集 9』(ちくま文庫) 1989年
堤重久『太宰治との七年間』(筑摩書房) 1969年
太田治子『石の花―林芙美子の真実』(筑摩書房) 2008年

●**中原中也↕草野心平**
草野心平「中原の自作詩朗読」『中原中也の世界』(中央公論社) 1974年

高村光太郎「夭折を惜しむ―中原中也のこと―」『群像日本の作家15中原中也』（小学館）1991年
中原中也「草野心平詩集『母岩』」「詩人座談会」『新編 中原中也全集 4〔1〕本文篇』（角川書店）2003年
草野心平「中原中也」『文學界』昭和12年12月号（文藝春秋）
『中原中也展 ―中也と心平の青春交友―』（いわき市立草野心平記念文学館）2001年
橋本千代吉『火の車板前帖』（ちくま文庫）1998年

●安岡章太郎↔遠藤周作
遠藤周作『ぐうたら交友録』（講談社文庫）1984年
安岡章太郎「遠藤周作」安岡章太郎『良友・悪友 犬をえらばば』（読売新聞社）1975年年
安岡章太郎『僕の昭和史』（講談社文芸文庫）2018年
安岡章太郎「聖母の騎士」安岡章太郎『雁行集』（世界文化社）2004年
安岡章太郎『文士の友情 吉行淳之介の事など』（新潮文庫）2016年

●壇一雄→太宰治
竹内良夫、桂英澄、別所直樹共著、檀一雄編『太宰治の魅力』（大光社）1966年
山崎剛平『若き日の作家―砂子屋書房記』（砂子屋書房）1984年
野原一夫『人間 壇一雄』（ちくま文庫）1992年
太宰治「檀君の近業について」『太宰治全集 11』（筑摩書房）1999年

●太宰治↔中原中也
太宰治から山岸外史への手紙（以下、太宰治の手紙の出典も同じ）：『太宰治全集 12』（筑摩書房）1999年
山岸外史『人間太宰治』（ちくま文庫）1962年

●大岡昇平↔中原中也
大岡昇平「昭和三年の中原中也」『大岡昇平と中原中也 特別企画展』（中原中也記念館）2018年
中原中也「玩具の賦 昇平に」『中原中也詩集』（角川文庫）1968年

●室生犀星→高村光太郎
萩原朔太郎「歳末に近き或る冬の日の日記」『萩原朔太郎全集 8』（筑摩書房）1976年
野末明「室生犀星と高村光太郎」『芸術至上主義文芸 36号』（芸術至上主義文芸学会事務局）2010年

●田山花袋↔柳田國男
柳田國男『故郷七十年』（神戸新聞総合出版センター）1989年
柳田國男から田山花袋への手紙：『田山花袋宛柳田国男書簡集』（館林市）1991年
「近代文藝の源流をたづねて」『表象』1958年9月（日本文学美術協会）
服部比呂美「丘の上の青春：国木田独歩・田山花袋・柳田国男の交流」『都市民俗研究』2014年2月、19巻
「三代文学談」『文學界』昭和28年11月号（文藝春秋）

●三島由紀夫→太宰治
三島由紀夫『私の遍歴時代』（ちくま文庫）1995年
三島由紀夫『小説家の休暇』（新潮文庫）1982年
『昭和の巨星　文学者編11 大岡昇平・坂口安吾・三島由紀夫』（NHKソフトウェア）1996年

●太宰治→井伏鱒二
井伏鱒二『太宰治』（中公文庫）2018年
沢木耕太郎『作家との遭遇』（新潮文庫）2022年
川崎和啓「師弟の訣れ　太宰治の井伏鱒二悪人説」『近代文学試論 29号』（広島大学近代文学研究会）1991年

《肖像出典》
●カバー：国会図書館所蔵
（左）芥川龍之介：『芥川龍之介集』（新潮社）1928年
（右）太宰治：『太宰治の生涯 写真集』（毎日新聞社）1968年
●本文：国会図書館所蔵（以下ページ数）…13・19（右）・23・31・39（左）・47（左）・51・57・63・67・75（右）、79（右）・85・91・95・101・109・121・133・141（右）・145（右）・181（左）・189・195

著者紹介

真山知幸（まやま・ともゆき）

著述家、偉人研究家。1979年、兵庫県生まれ。2002年、同志社大学法学部法律学科卒業。上京後、業界誌出版社の編集長を経て、2020年より独立。偉人や名言の研究を行い、『偉人名言迷言事典』『泣ける日本史』『天才を育てた親はどんな言葉をかけていたか?』『偉人メシ伝』など著作50冊以上。『ざんねんな偉人伝』『ざんねんな歴史人物』は計20万部を突破しベストセラーとなった。名古屋外国語大学現代国際学特殊講義、宮崎大学公開講座などでの講師活動も行う。徳川慶喜や渋沢栄一をテーマにした連載で「東洋経済オンラインアワード2021」のニューウェーブ賞を受賞。

文豪が愛した文豪

2023年　1月23日　第1刷

著　者　真山知幸

発行人　山田有司

発行所　株式会社彩図社
東京都豊島区南大塚3-24-4
MTビル〒170-0005
TEL：03-5985-8213　FAX：03-5985-8224

印刷所　シナノ印刷株式会社

URL：https://www.saiz.co.jp
Twitter：https://twitter.com/saiz_sha

ISBN978-4-8013-0638-7 C0095